さくらい動物病院の不思議な獣医さん❻

竹村優希

双葉文庫

プロローグ

小型のヒーターと折り畳み式のローテーブルをさくらいホテルに運びながら、亜希(あき)は
ふと窓の外を眺める。

ブラインドの隙間から見えるのは、雪がちらちらと舞う真っ白い景色。

思わず手を止めて窓辺に立つと、ガラス越しに伝わる冷気で、全身がゾクリと冷えた。

「大丈夫、かな……」

ひとり言を零すと同時に、鳴り響くインターフォン。

慌ててさくらいホテルの入り口を開けると、ふわりと甘い香りが漂う。

「亜希先生、あけましておめでとうございます」

そこに立っていたのは、屋台のベビーカステラを抱えた手塚(てづか)。

近年まれに見る大雪の今日は、手塚と過ごす、二度目の正月だ。

「そ、それ、ベビーカステラ……!」

「亜希先生好きでしょ？　お土産です。……ってか、超寒い」

「あっ！　ど、どうぞ！　な、中に！」

亜希は慌てて中に通し、ケトルのスイッチを入れる。

手塚は少し名残惜しそうにマフラーを外しながら、足元に擦り寄るメロを抱え上げた。

「メロも、あけましておめでとう」

「にゃぁ」

「ってかメロ、全身ほっかほかじゃん……。どこにいたの」

「電気ブランケットを買って、あげたら……、ほとんど、出てこなくなっちゃい、まして……」

「なにそれ、可愛い。すげーぬくい」

メロのお腹に顔を埋める手塚を見て、亜希は思わず笑う。

思えば、一昨年までは、亜希にとって年末年始を一人で過ごすことなんて当たり前で、特別寂しさを覚えることもなかった。

けれど、昨年の年明けにこの暖かさを経験してしまったせいで、今年は年末が迫るごとに、そわそわしてしまっていた。

だから、元日はなにをしましょうか、と。手塚からごく当たり前のように訊かれたとき、自分でも驚く程に心が舞い上がった。

結果的に、さくらいホテルで保護動物たちに囲まれ、ベビーカステラとコーヒーで過ごすという、普段とさほど変わらない計画になってしまったけれど、亜希にとってはそれで十分だった。


「――ってか、俺、来年度から博士課程に進もうと思っていて」

「あ……、やっぱり、そうなんですね」

「やっぱり？」

二杯目のコーヒーを飲みながら、手塚が口にしたのは今後の話だった。

手塚は今、大学院の修士課程修了間際。

亜希が「やっぱり」と口にしたのは、年末が迫ってもこの先の進路に関する話題が一切出なかったからだ。

手塚は進んで自身のことをあまり口にする方ではないけれど、たとえば就職を考えた場合はいろいろと環境が変わる可能性も高くなるし、ひと言くらいは言ってくれるだろうと思っていた。

むしろ、その場合はもっと早い時期からセミナーやら面接やらと忙しいはずで、さすがの亜希も気付くだろうと。

「なんと、なく、ですが……、そうかな、と。それに、手塚、くんは……、研究が好き、ですし。……問題なく進めそう、ですか？」

「まあ、研究自体も少し特殊ですし、教授にも目をかけてもらってるので、そこはなんとか。……もちろん、他の可能性もいろいろ考えたんですけど、亜希先生の言う通り、俺は動物の研究が好きですしね。親の反対を押し切ってまで進んだ道なので、もっと突き詰めてみたいなって」

「私は、いいと、思います」

「ありがとうございます。亜希先生に言われると、やる気が出ます。……まあ、お金もかかるし、大学でＴＡのバイトしながらになっちゃうので、少し忙しくなりますが……」

「疲れたら、いつでも、ここに休みにきて、ください」

「……いつでも？」

ふいに、手塚の瞳が揺れる。

なにか変なことを言ってしまっただろうかと、マグカップを持つ亜希の手に、きゅっと力が入った。

手塚はベビーカステラを指先で弄びながら、かすかに微笑む。

「疲れてなくても、来ますね」

「あっ……は、はい」

「顔を見に」

「……」

　ストレートな言葉に、亜希の鼓動がたちまち速くなった。

　ここ数ヶ月というもの、手塚のこういった発言はたいして珍しくないが、亜希には到底、慣れる気配はない。

　目を泳がせていると、手塚は少し余裕なさげに溜め息をついた。

「……俺、ドMなのかも」

「は、はい……？」

「……いい加減待てなくなってるくせに、予定を先延ばしにせざるを得ない葛藤っていうか」

「えっと……？」

「……こっちの話です」

　困ったように笑う手塚を、亜希はじっと見つめる。

　手塚は照れ臭そうに笑い、ベビーカステラを口に入れた。

＊

「メロ……？」

「にゃぁ」

「ねえ……、おはようって、言って……？」

「にゃぅ」

思いもしなかった異変が起きたのは、翌日の一月二日のこと。

さくらい動物病院は、三日までが休診日。少し遅く目を覚ました亜希は、擦り寄ってきたメロを撫でながらゆっくりと頭を覚醒させていた。

メロはいつも通り、嬉しそうに喉をゴロゴロと鳴らしている。

けれど、いつもなら最初に耳にするはずの「おはよう」も、うるさいくらいに訴えてくる「ごはん」も聞こえてこず、亜希はふと嫌な予感を覚えた。

「おなか、すいた……？」

「にゃぅ」

「ねえ、……メロ……？」

「うにゃ」

「どう、したの……？」

どんなに問いかけても、メロの声は届かない。

まさか、と。

亜希は飛び起きて、無我夢中で階段を下りさくらいホテルへ向かうと、一番奥のケージを覗き込んだ。

ケージの中で寝ているのは、入院中のミニチュア・ダックスフント。もう十五歳になる老犬で、名前はミニー。

ミニーとは亜希の祖父が院長をしていた頃からの付き合いであり、賢く、会話もスムーズで、亜希とはすっかり気心の知れた仲だ。

「ミニー……、おはよう……」

声をかけると、ミニーは嬉しそうに目を細め、尻尾をパタパタと振った。――けれど、やはり、声は聞こえない。

不安が膨らみ、鼓動がドクドクと激しさを増す。

「ミニー……？」

こてんと首をかしげるミニーの表情を見て、膝から力が抜け、亜希はその場に座り込んだ。

動物たちの声が、聞こえなくなったのだ、と。

あまりにも突然起こった異変を、亜希は到底受け入れられなかった。

亜希は重い体を引きずるように二階へ戻り、足元で不安げに見上げるメロを抱え上げる。

「にゃぁ」

「……アキ、って、呼んで」

「うにゃ」

メロは亜希の頬に鼻先を摺り寄せながら、目を細めた。

冷たい鼻先も、喉を鳴らす振動も、なにもかもが愛しくてたまらない。――のに。亜希の心を満たしていたのは、シンプルな絶望だった。

亜希は、ふらつきながら二階に戻り、崩れ落ちるように横になってゆっくりと呼吸を繰り返す。

頭の中は、なぜと、どうしてと、湧き上がる疑問で混沌としていた。

息を吸うたびに、心がズキズキと痛む。

これまで、――それこそ、シスの声が聞こえてから今日まで、こんなことは一度もなかった。

きっと一時的なことだと、精神的なものかもしれないと、無理やり自分を落ち着けようとするけれど、上手くいかない。

亜希は叫び出したいような不安を抱え、目を固く閉じる。すると、そのとき、スマホがメールの受信を知らせた。

ディスプレイに触れると、そこに表示された送信主は、手塚。

『おはようございます。今日も休診ですよね。なにか予定ありますか?』

亜希はその短い文面を何度も読み返した後、半ば無意識に発信ボタンをタップしていた。

無機質なコール音が、数回響いてプツリと途切れる。

「亜希先生?」

「あ……、あの」

「珍しいですね、亜希先生から電話くれるの」

「手塚くん……、わ、わた、私……、どう、したら……」

「……少し待てます?　十五分くらい」

手塚の察しのよさには、ときどき驚かされる。

なにも伝えていないのに、真剣な声色に変わったかと思うと、ガサガサと雑音が響いた。

「あの……」

「もう少ししたら、学校に動物たちの様子を見に行こうと思ってたんですけど、とりあえず先にそっちに行きますね。すぐ出ますよ、今、靴履いてるんで」

「……」

「おいしいパン屋が開いてるんで、いくつか買っていきます。……つーか、超寒い。コーヒー頼んでもいいですか？」

手塚は、確実に亜希の異変に気付いているのに、なにも訊かずに普段通りの会話を続ける。

そんな気遣いのお陰で、亜希の混乱しきった心は、わずかに落ち着きを取り戻した。

亜希は頷き、電話を切ると、着替えを済ませてメロを抱え、ふたたびさくらいホテルへ向かう。

そして、コーヒーを淹れる準備をしながら、手塚の到着を待った。

「――声が聞こえない、か……」

到着した手塚は、うなだれる亜希を見るやいなや、淹れたてのコーヒーをタンブラーに移し替え、半ば強引に亜希を外へ連れ出した。

行き先は、聞くまでもなく、手塚の大学。

亜希は戸惑いながらも、手を引かれるままに手塚の横を歩きながら、今朝起こった異変を話した。

「こんなこと、一度も、なくて……」

「それは驚きますよね。無責任なことは言えませんけど……、ただ、もし原因が精神的なものだったなら、焦りすぎるのはよくないんじゃないかなと思います」

「精神的……。ですが、心当たりは、なにも……」

「自分のことって、案外わからないものですよ」

「そう、でしょうか」

「ねえ、亜希先生。年末、学校に温室が新設されたんです。農学部がいろいろ栽培してるんですけど、それが結構本格的で、もはや植物園って言っていいくらいちゃんとしてるんです。自由に出入りできますし、ベンチもあるので、そこでご飯食べません？　すごく暖かいですよ」

いつもなら、真っ先にヤギ舎や豚舎に連れて行きそうなのに、温室を勧めたのはおそらく手塚の気遣いだろう。

亜希は頷き、手塚の後に続く。

やがて大学に着くと、手塚はいつも使う裏口を使わず、正門から入って左奥に見える大きな建物へ向かった。

「アレが俺が普段使ってる研究棟で、温室は、そのさらに奥です。俺、植物には結構疎い方だったんですけど、結構面白いですね。温室には、見たことがないような変な植物がいっぱい植えられてて」

亜希は、ついでのように紹介された研究棟を見上げる。この大学で、手塚が一番長い時間を過ごしている場所だと思うと、なんだか不思議な気持ちになった。

ついさっきまで疼いていた心が、わずかに落ち着く。

「……手塚、くん。ありがとう、ございます」

「どうしたんですか、急に」

「……来てくれて、本当に……。私……」

言葉に詰まると同時に、目の奥がぎゅっと熱を持った。すると、頭にそっと手塚の手が触れる。

「亜希先生はなにも心配しなくていいですよ。たとえ声が聞こえなくっても、メロはもちろん、動物たちはみんな亜希先生のことが好きだし、少なくともそれは変わりませんから」

いかにも手塚らしい言葉が、亜希の心にスッと染み込んでいく。

亜希は頷き、冷たく締まった空気を胸いっぱいに吸い込んだ。

やがて、研究棟を通り過ぎると、目線の先にガラス張りの大きな建物が見えた。

「あれですよ、温室」

「すごい、ですね……」

手塚が言っていたように、温室は想像よりもずっと大きく、立派だった。

期待感からか、無意識に歩調が速くなる。――すると、そのとき。

「手塚くん！」

突如、背後から声が響いた。

亜希たちは同時に振り返ったけれど、そこに人影はない。しかし、今度は頭上から、楽しげな笑い声が降ってきた。

見上げると、研究棟の三階の窓から、六十歳前後と思われる、年配の男性が見下ろしていた。

手塚はその姿を見るやいなや、目を見開く。

「え！　今日いらしてたんですか……！」

男性は、顎に長い髭をたくわえ、真っ白の髪を後ろで束ねた、少し独特な風体だった。

「やあ、あけましておめでとう」

「あけましておめでとうございます……」

「ちょうど今から帰ろうと思っていたところなんだ。少しだけ、そこで待っていなさい」

男性はそう言うと、すぐに顔を引っ込めてしまった。

手塚は少し動揺しているようだったけれど、ポカンとしている亜希を見て、ハッと我に返る。

「あ……！　今の人、俺がお世話になってる八坂教授です。そもそも八坂教授の著書を読んだことが、この研究室に入るキッカケだったんです。……まさかこんな年始に来てると思わなくて、驚きました。連絡くれたらいいのに……」

「そうだったん、ですか……」

「見た目も中身も少し変わってますけど、優しい人ですよ。驚く程にフランクだし、可愛がってもらってます。……せっかくなので、紹介しますね」

「あ、は、はい……」

手塚は、まるで身内を紹介するかのように少しはにかみながら、八坂教授のことを話した。

まさに、家族も同然に気を許しているのだろうと亜希は思う。

間もなく八坂教授が顔を出し、亜希は慌てて頭を下げた。

「はじめ、まして……。獣医を、しています、桜井(さくらい)と申し、ます」

「どうも、八坂です。獣医さん……ってことは、手塚くんがよく話してる亜希先生っていうのは、あなたのことかな」

「えっと……、よく、話して……？」

「……教授」

慌てて止める手塚を見ながら、八坂教授は楽しそうに笑う。

亜希としても、まさか自分のことが教授に伝わっているとは思いもせず、つい動揺した。

「……っていうか教授、年末年始は海外に行く予定だっておっしゃってませんでした……？」

「ああ……、そのつもりだったんだけど、突然知人から頼まれごとをされたものだから、中止にしたんだ」

「そうだったんですか……」

「……とはいえ、正月っていうのはやたらと訪問者が多くて、なんとなく落ち着かなくてね。昨晩ちょっと散歩するつもりが、いつの間にかここに。……本を読んでいるうちに、気付いたら朝になっていて」

「え……、大丈夫ですか、奥さん心配してるんじゃ……」

「はは。妻はきっと慣れてるよ」

確かに、少し変わり者かもしれない、と。二人のやり取りを聞きながら、亜希は思う。そして、なぜだか八坂教授に対しては、初対面にも拘(かか)わらずいつものような緊張が込み上げてこなかった。それはコミュニケーションが苦手な亜希にとって、とても珍しいことだ。

理由として思い当たることがあるとすれば、八坂教授の雰囲気が、亜希の祖父と少し似ていること。

ひとつのことを突き詰めるタイプの人間には、共通する独特の空気感がある。

「ところで教授、頼まれごとっていうのは……？　もし、なにか手伝えることがあれば……」

「ああ……、いや、年末から知人の犬を数頭預かっていただけだよ。っていうのが、知人は保護犬シェルターをやっているんだけれど、いつも手伝ってくれるボランティアの人が体調を崩してしまったらしく、手が回らないって悲鳴を上げていたんだ。だから、ほんの数日うちで面倒を見てやろうと」

「なるほど……。そういうことだったんですね」

当然といえば当然だが、八坂教授はやはり無類の動物好きらしい。

ごく当たり前のように口にしているが、正月に計画していた海外旅行を中止してまで動物を預かることを優先させる人間は、決して多くないだろう。

手塚が心を砕くはずだと、亜希は納得していた。

すると、八坂教授はふいに亜希に視線を向ける。

「そうだ。亜希先生も、もし気が向いたらでいいからシェルターを訪ねてやってください。あなたは動物がとても好きで、気持ちをよく理解してるって手塚くんから聞いているしね。シェルターには心を閉ざした子が多くいるから、触れ合ってくれるだけでも」

「えっ……、あ、あの……」

いつもなら、躊躇(ためら)いもなく頷いてしまうような申し出だった。

けれど、「動物の気持ちをよく理解している」なんて言われてしまうと、今の亜希は動揺せずにいられなかった。

理由は、言うまでもない。

するど、返事に戸惑う亜希の代わりに、手塚が頷いてみせた。

「勉強になりそうですし、俺、お邪魔してみたいです。……亜希先生はすごく忙しいので……、もし余裕ができたら一緒に行きましょうね」

「あっ、はい……、是非……」

「ありがとう。なら、手塚くんに場所を送っておくよ」

亜希の気持ちを察してくれた手塚の気遣いは、とてもありがたかった。ただ、同時に胸が痛んだ。

手のひらを強く握ると、ほんの一瞬、手塚が亜希の背中に触れる。

「じゃ、僕らは温室でご飯を食べてきます。教授はもうお帰りですよね」

「ああ。邪魔して悪かったね。……亜希先生、また会いましょう」

「は、はい……！　ありがとう、ございます」

八坂教授と別れると、手塚はごく自然に亜希の手を握り、温室へ向かった。

手袋越しに伝わる体温が、やけに過敏になってしまっている亜希の心をじわじわと緩ませる。

ただ、その反動で、無理やり押し込めていた不安が今にも溢れそうだった。

「手塚、くん。……私……」

「いいんですよ、思い詰めなくて」

「でも、保護犬シェルター、なんて、私……。だって……、もう二度と、声が聞こえないかも、しれない、のに……。動物たちの、気持ちなんて……、今の私には、とても……」

溜まった弱音は、一度口にしたが最後、どんなに止めようとしても、どうにもならなかった。

こんなことを言っても手塚を困らせてしまうだけなのにと、いつもならば利くはずのブレーキも利かない。

「私なんて、……とても、役には」

「もし、聞こえなかったとしても――」

ようやく言葉が止まったのは、ふいに手塚の手に力が込められた瞬間。

見上げると、手塚のまっすぐな目にとらえられ、亜希は息を呑んだ。

混沌としていた気持ちが、不思議と凪いでいく。

「聞こえなかったとしても、なにも変わりませんよ。……あなたが獣医さんとして優れているのは、動物の声が聞こえるからじゃありません。もっと信じてもいいんじゃないですか？　自分がこれまでやってきたこと」

「これ、まで……」

手塚の言葉は、亜希の心に優しく染みわたった。

冷え切っていた指先にも、ほんのりと熱が灯る。

「なにもかもが、不思議な力のお陰じゃないはずです。たくさんの動物たちを救ってこれたのは、亜希先生がまっすぐに命に向き合ってきたからですよ」

自覚もないまま零れていた涙を指先で拭われ、亜希は、ゆっくり頷いた。

手塚は、ほっとしたように笑う。

「ちなみに……、俺だって、亜希先生が不思議な力を持ってるから好きなわけじゃないですよ」

「手塚、くん……」

「……パン、食べましょうか」

まるで照れ隠しをするように、パンの袋を目の前に掲げる様子を見て、亜希の胸がぎゅっと震える。

「……はい」

くるりと背を向ける手塚の背中が、いつもよりも頼もしく見えた。全力で体を預けてしまっても、ビクともしないいんじゃないかと思うくらいに。

「亜希先生……？」

「あ……、えっと」

「どうしました？　じっとしてたら凍えますよ」

「……一人じゃなくて、よかった、なって。……ありがとう、ございます」

返事の代わりに、頭にそっと手が乗せられる。亜希は、なぜだか手塚の顔を見ることができなかった。


自分に起こった異変がどういうことなのか、いずれ治るのか、または永遠にこのままなのか、亜希には見当もつかなかった。

ひとたび考えはじめるとバラバラになってしまいそうな心を繋ぎとめてくれているのは、手塚の存在に他ならない。

温室の中で不思議な植物を指差しながらも、手塚は亜希の手をいつまでも離さなかった。

いっそ、このまま離れなくなってしまえばいいのに、と。

亜希は無意識にそう考えながら、手塚の手を握り返す。

ただ、――心の奥の方では、メロが「アキ」と呼ぶ愛しい声が何度も響いていて、いつまでも消えることはなかった。

それぞれの葛藤と、譲れないもの。

「おは、よう」

「にゃぅ」

「いい天気、だね」

「うにゃ」

「……けど、ちょっと、寒いね」

声が聞こえなくとも、メロと迎える朝はいつもと変わらない。

亜希が目を開けると、メロは嬉しそうに鼻先を擦り寄せ、ゴロゴロと喉を鳴らし、落ち着きなくまとわりつきながら甘えた声で鳴く。

なにも、変わらない――と。

ここ数日、亜希はまるで自分に言い聞かせるように、心の中でそう呟いていた。

メロや動物たちの声が聞こえなくなって、はや十日。

正月休みが明ける前日の夜は、診察があまりに不安で胃痛を起こす程だったけれど、それに関しては、たいした影響はなかった。

一分一秒を争うような急患も、直接言葉を聞ければと悩むような難解な症状の動物の来院もなかったからだ。

ただ、当たり前のように使っていたコミュニケーション手段をひとつ失ったことは、亜希にとって、大きすぎる喪失だった。

よく「心に大きな穴が開く」という表現を耳にするが、まさにその通りだった。

あの日以来、亜希はなにもかも、それこそ空気すらも自分をすり抜けていくような感覚が、拭えないでいる。

心もなんだか不安定で、自分がどこにいるのか、なにをしているのかすら、ときどき見失う瞬間があった。

「亜希先生……？　もしかして、具合でも悪いのでは」

優生(ゆうき)はそんな亜希を気にかけ、たびたび声をかけてくれるけれど、本当のことを話すわけにはいかなかった。

「大丈夫。……少し、ぼーっとして。ごめん、ね」

「いえ。診察に支障はないですし、なにも問題はありませんが……。よかったら、午前の診察後に少し散歩でもしてらしたらいかがですか？　気晴らしになるかもしれませんし」

「散歩……？」

「ええ。……そういえば、つい数日前に大学の横を歩いていたら、柵越しに立派なクリスマスローズを見ましたよ。大学に温室が新設されたらしいと祥子(しょうこ)さんから聞きましたし、あの大学は最近園芸に力を入れているのでしょうか」

「クリスマスローズ……？」

「はい。冬に咲く上品な花ですから、日本では〝冬の貴婦人〟と呼ばれたりもするそうです」

「なんか、素敵、だね」

「ええ。大学で見たものは色も様々で、綺麗でしたよ」

優生がわかりやすく大学の方向への散歩を勧める理由は、聞くまでもない。年が明けてからというもの、手塚が病院を訪ねてこないことをさりげなく気にしてくれているのだろう。

手塚はこの春には修士課程が修了し、博士課程へ進むことを決めているため、今は今後の準備や修論で多忙を極めている。

連絡はたびたびあるが、思えば一月二日以来会っていなかった。

「行ってみよう、かな……」

「ええ、留守はお任せください。ただ、今日も外は寒いので、風邪をひかないようにお気を付けくださいね」

「ありが、とう」

亜希は頷き、午前の診察が終わると、早速準備をした。

ただ、わざわざ手塚に連絡をするつもりも、ましてや時間を作ってもらうつもりもなかった。

この忙しい時期に無理を言うわけにはいかないし、会えばおそらく気を遣わせてしまうからだ。

だから、病院を出たものの、とくにこれといった目的はなかった。

ただ、冷たい空気の中を歩いていると、いくらか気持ちがスッキリするような気がした。

「……今年は、よく、降るなぁ」

亜希はひとり言を零しながら、年末に降った雪がいまだに残る道を、ゆっくりと歩く。

足は、無意識に大学の方へ向かっていた。

なんだかんだ言いながらも、結局吸い寄せられてしまうらしいと、亜希は自分に少し呆れながら一度立ち止まる。

けれど、考えた末、ふたたび足を踏み出した。

せっかくここまで来たのだから、優生が話していたクリスマスローズを見て帰ろうと。

間もなく大学に着くと、手塚に連れてきてもらった温室の方を目指し、柵に沿って敷地の外周を歩く。

つい十日程前に見たばかりの光景が、柵越しだと、やけに遠く感じられた。――そのとき。

「あれ……？」

突如、目に飛び込んできたのは、温室の手前のベンチに座る、見覚えのあるシルエット。

手塚だ、と。

そう認識した瞬間、心臓が小さく跳ねた。

べつにコソコソする必要はないのに、つい反射的に背を向けると、かすかに話し声が届く。

内容までは聞こえないけれど、話し相手の声は、少し感情的だった。

つい気になってこっそり振り返ると、手塚の隣に座っていたのは、五十歳前後くらいの小綺麗な女性。

手塚の方に身を乗り出し、少し強めな口調でなにかを訴えている。

手塚もまた、見たことがないくらいに険しい表情を浮かべていた。そこに、いつもの穏やかな空気感はない。

いかにも訳ありな光景だった。

偶然とはいえ、見てはいけないものを見てしまった気がして、亜希は慌てて踵を返す。

そして、足早にその場を立ち去ったものの、すっかり大学が見えなくなってもなお、心のざわめきは落ち着かなかった。

――あんな顔、するんだ……。

心の中に、なんともいえない複雑な気持ちが広がっていく。まるで、手塚の秘密を見てしまったかのような。

出会ってからまだ二年弱。

亜希が知らないことくらいいくらでもあるだろうとわかっているのに、動揺が収まらない。

亜希は病院に戻るやいなや、勢いよく待合室に飛び込んだ。

すると、ソファでくつろいでいた優生がポカンと亜希を見上げる。

「おかえりなさい。大学の方に行かれたんですか……？」

「えっ……、う、うん」

「クリスマスローズ、いかがでしたか？」

「あ……、忘れ、てた……」

「……」

ここまでわかりやすく困惑する優生は珍しい。

亜希は無理やり誤魔化しながら、逃げるように診察室へ入った。


久しぶりに手塚がやってきたのは、大学で見かけてから数日が経った日曜日。

亜希たちは病院で待ち合わせをし、メロも連れて、井の頭公園へ散歩に出かけた。

待ち合わせ前、亜希は、大学で見た光景のことは黙っていようと、いっそ見なかったことにしようと決めていた。

いくら気がかりでも、プライベートなことにあまり介入するべきでないと思ったからだ。

「亜希先生、……あれからどうですか？　メロの声、聞こえました？」

「い、いいえ、とくに、変化はなく……」

「……そっか」

しかし、手塚と話しているうちにどんどん記憶が鮮明になり、抑えようとしても勝手に目が泳いでしまう。

もはや亜希は、公園に着く前からすでに、心に秘めておく自信を失いつつあった。

すると、妙に落ち着きのない亜希の様子が気になったのだろう、手塚が心配そうな表情を浮かべる。

「あまり思いつめないでほしいですけど、そんなの無理ですよね……。大丈夫ですか……？」

手塚は、亜希の様子の可笑しさを、少し勘違いしていた。

もちろん、手塚の解釈も決して間違ってはいない。

動物たちと会話ができなくなったことは、今の亜希にとって、もっとも大きな悩みだ。

亜希はひとまず頷いた。――ものの、なんだか騙しているような気になって、結局、首を横に振る。

「えっと……、それも、そうなん、ですが……」

所詮、手塚を誤魔化すスキルなんてないのだと、亜希自身が一番わかっていた。

「どうしました？　もしかして、他にもなにか心配ごとが……？」

「……す、少し……。気がかりと、いうか」

「それ、俺が聞いてもいい内容ですか……？」

「えっと、……でも、こんなことを聞く、のは……、少し、立ち入りすぎでは、ないかって……、不安で」

「立ち入りすぎって、誰に？　……ってか、もしかして俺のことですか？」

察しのいい手塚は、すぐに言い当て瞳を揺らした。

「あっ……！　た、たいした、ことでは」

「言ってください」

真剣な視線を向けられると、言葉にせずともすべて見透かされているのではないかという錯覚に陥る。

ただ、たとえそうだとしても、言葉にすることがいかに重要かは、手塚と知り合ってからの二年で十分にわかっていた。

亜希は覚悟を決め、おそるおそる口を開く。

「見て、しまいまして……」

「なにを？」

「手塚、くんが……、言い争ってる、ような……」

「言い争い？　……俺が？」

手塚はこてんと首をかしげた。

誤魔化しているような雰囲気はまったくなく、亜希は一瞬、見間違いだったのではないかと自分の記憶を疑った。

「え、えっと……、数日前に、大学の、横を、通りかかったときに……、偶然、見まして……。あの、女の、人と……」

「女の人……？」

「け、結構、年上っぽい、上品な……」

「年上……？　……ああ！」

手塚はようやく思い当たったのか、目を大きく見開いた。そして、突如、笑い声を上げる。

その反応があまりに予想外で、亜希はしばらく笑い続ける手塚をポカンと見つめていた。

やがて、ようやく落ち着きを取り戻した手塚は、穏やかに笑う。

「あれは、母ですよ」

「え？　……お母、さん……？」

「はい。今後の進路も含めていろいろ心配をかけていたんですけど、実家にも帰ってないし、忙しくて電話すらできていなかったので。ついに大学まで来ちゃって、すごい勢いで苦情を言われました」

母親だと言われると、遠慮のない言い合いにも納得がいった。途端に、いろいろと勘繰ってしまったことが恥ずかしくなる。

「あ……、そ、そういう……」

「まさか、あんなところを見られていたなんて……、みっともなくて死にそうなんですけど」

「す、すみません……」

みっともないと口にしながらも、手塚はむしろ楽しげだった。

亜希はつい、その表情をじっと見つめる。

すると、手塚は亜希を傍のベンチに誘導し、メロを地面に下ろした。

「……前にも言いましたけど、父から進路を大反対されて以来、家を出ちゃったし、ほとんど口をきいていないんです。……今はもう経済的な支援をしてもらっているわけじゃないですが、博士課程に進む件も火に油を注ぐでしょうし、間に挟まる母には気苦労をかけていて。……一度ちゃんと話をしてくれって言われたんです」

「そういうこと……、でしたか」

「はい。とはいえ、父は頑固ですし、話したところでどうせ取り付く島もないんです。将来のことを真面目に考えろとか、興味本位だけで研究を続けるなとか、社会に出るのを遅らせたいだけだとか、すごい勢いで畳みかけてきて、多分話し合いになりません」

結果、手塚は家を出て、父親とは口をきかなくなってしまったというのだから、関係の修復が困難であることは明らかだった。

「なら、……断ったん、ですか……？　話し合い……」

「はい。っていっても、俺もいい大人なんで、ただ拗ねてるわけじゃなくて。まずは、父がなにも言えないくらいの結果を出さなきゃなって」

「なる、ほど……」

「手を借りなくても、自分でなんでもやれるっていう説得力が、今の俺にはないんでしょうから。……まずは信頼を勝ち取らないと」

溜め息をつく手塚の横顔を見ながら、亜希は祖父のことを思い出していた。

両親を早くに亡くした亜希にとって、祖父は親も同然だったけれど、考えてみれば、進路のことや将来のことで反対されたことも、衝突したこともない。

けれど、万が一反対されていたなら、さぞかし悩んだだろうと亜希は思う。

だから、ぶつかりながらも自分の意志を貫いた手塚の思いがどれだけ強かったか、なんとなく想像することができた。

亜希がぼんやりと考え込んでいると、突如、手塚が申し訳なさそうに亜希を見つめる。

「……ってか、これってすごく贅沢な悩みですよね。……親にもっと感謝すべきだよな。……すみません」

「え？」

思いもよらない言葉に、亜希は面喰らった。

「わかってるんです。結果を出すとか偉そうなこと言ってますけど、結局先延ばしにしてるだけかもって。父が心配してることもわかってるし……、亜希先生みたいに強く生きてきた人の前で、こんなこと言うべきじゃないってことも」

「まっ！　待って、ください……！」

黙っていたせいで、いらぬ誤解させてしまったらしいと、亜希は慌てて首を横に振る。

「ち、違い、ます！　……私には、両親はいません、けど……！　いるから贅沢だなんて、そんな、単純なものでは、ないですから……！」

「亜希先生……」

「むしろ、大切な人と、ぶつかって、苦しみながらも進む強さを、持ってること……、すごいなって、思います……！　だ、だから……、私に、贅沢だなんて変な引け目、感じないで、なんでも話して、ほしいです……」

勢いまかせに宣言したものの、驚く手塚の表情を見て、亜希は我に返った。

介入しすぎはよくないと思ったばかりなのに、なんでも話してほしいなんて矛盾していないだろうかと。

けれど、亜希はもはや、勢い余って乗り出した体を引っ込めるキッカケすら見失っていた。

「変な引け目、か……」

「す、すみません……！　え、偉そうに……！」

「いいえ、……なんだか、びっくりするくらい気持ちが軽くなりました」

「は……？」

それは、意外な反応だった。

ポカンと口を開ける亜希を見て、手塚は小さく笑う。そして、少し切なげに瞳を揺らした。

「でも、亜希先生。……俺からも一個、いいですか？」

「は、はい……」

「亜希先生も、俺のことで悩むなんて無駄なことやめてくださいね」

「無駄……って」

「無駄ですよ。気になることがあったら、すぐ聞いてください。……あと、大学まで来たなら、メールくらいほしいです」

いつになくストレートな要望に、亜希の頬が熱を上げる。

いつも落ち着き払っている手塚が、なぜだか、ほんの少し子供っぽく見えた。

「じゃ、邪魔をしたら、悪いな、って……」

「もちろん、連絡があったからって、無理して顔を出したりしないですから。……最近は帰りが遅くて病院にもあまり寄れなくなったし、せめて近くにいるときくらいは連絡ください」

「わか、り……ました」

戸惑いながらも返事をすると、手塚はほっと息をつく。

けれど、たちまち我に返ったように目を泳がせた。

「……いや、なんか俺、可笑しなこと言ってますよね……。これじゃまるで自分の所有物みたいな……」

「えっ……？」

ここまで情緒の安定しない手塚は、珍しい。

亜希はそんな手塚に混乱する一方で、心の奥に、知らない感情を覚えていた。胸の奥が、ざわざわとくすぐったくなるような。

かすかに顔の赤い手塚を見ていると、胸が詰まって、なんだか呼吸が苦しい。

亜希は無意識に、手塚のシャツの裾を握る。

「あ、あの」

「……はい？」

「この間は……、もしか、したら、会えるかもと、思って……大学に行き、ました。……だから、あの、……次は、連絡、します」

「……」

手塚は、少しだけ拗ねたような表情を浮かべ、亜希の手に触れる。

やはり、今日の手塚は少し子供っぽい、と。口にしたら怒られそうな感想を押し込め、亜希はその手を握り返した。

そのとき、ふいに、手塚のスマホが着信を知らせる。

手塚はポケットからスマホを引っ張り出し、ディスプレイを見て眉を顰めた。

「あれ、……教授だ。ちょっと電話してきます」

「は、はい……！」

「……今日ばっかりは呼び出されたくないな」

言い残した言葉に、亜希はつい笑う。

手塚がベンチを立った途端に気温の低さを実感して、亜希は身を縮めた。

メロが亜希の膝に飛び乗り、背中を丸める。

「手塚くんが、いないと……、寒い、ね」

「にゃぅ」

「……うん、って、言った？」

声が聞こえた気がして、亜希はメロの背中をゆっくりと撫でる。メロは気持ちよさそうに目を細め、亜希のコートの中に潜り込んだ。

いつも一緒にいるメロの気持ちなら、言葉が聞こえなくても、鳴き声や表情からある程度は予想することができる。

まっすぐに見つめる瞳や、ひとつひとつの仕草や、甘えたような鳴き声が愛しいことに、変わりはない。

ただ、――今の亜希の心には、それだけでは到底満たされない穴がぽっかりと開いている。

今、それに正面から向き合ってしまえば、一気に心が崩れてしまいそうな程の、とても危うい穴だ。

ふとした瞬間に足元が崩れ、深いところまで落ちてしまいそうな大きな不安を抱えていながらも、今の亜希には、その穴からできるだけ目を逸らすことしかできないでいる。

それでも、なんとか踏みとどまり、仕事を続けていられる理由があるとするなら、思い当たるのはひとつだ。

それは、手塚が言ってくれた、「もっと信じてください。自分がこれまでやってきたこと」という言葉の力以外にない。

本当に不思議な人だ、と。

亜希は、手塚の言葉をまるで精神安定剤のように何度も思い浮かべながら、しみじみそう思った。

ふと視線を上げると、少し先に電話中の手塚の後ろ姿が見える。

線が細く、まだ少年っぽさすら残る背中だけれど、これまでにどれだけ支えられてきたか、もはや数えきれない。

亜希がぼんやりと見つめていると、電話を終えた手塚がふいに振り返った。

「……なんか俺、すごい見られてました?」

「……い、いえ、……はい」

「どっちですか」

いつも通りの笑い声に安心し、亜希もつられて笑う。

すると、手塚はスマホをポケットに突っ込みながら、小さく溜め息をついた。

「今の電話、前に教授が話してた保護犬シェルターのことでした。いつ行くんだっていう催促です」

「八坂教授の、お知り合いの、ですか……？　心を閉ざした動物たちが、いるっていう……」

「はい。……勉強になるのは確かですが、催促する理由は人材確保目的でしょうね。シェルターはどこも人手不足が顕著でしょうから」

「確かに、どこも人手は、足りてないと、聞きます、から」

「……修論もまだ終わってないけど、俺が研究を続けていられるのは教授に可愛がってもらってるお陰なので、近々顔を出してみようかと」

いつもなら、ほぼ間違いなく「一緒に行きますか」と尋ねられるシーンだが、手塚はなにも言わなかった。

言うまでもなく、亜希を気遣ってのことだろう。

確かに亜希自身、いざ保護動物たちを前にしても言葉を聞けず、気持ちを汲んであげられないことがどれだけ辛いか、想像するまでもなかった。

ただ、心のどこかで、いつかは向き合わなければならないという焦りもある。

「……私も、ご一緒しても……、いいで、しょうか」

なかば勢いまかせにそう口にすると、手塚が目を見開いた。

「え？　……そりゃ、来てくれるなら俺は嬉しいですけど……」

「迷惑、かけないように……、する、ので」

「あ、いや、そういうことじゃなくて」

ふいに、手塚が亜希の手をぎゅっと包む。

体温が伝わると同時に、亜希は、自分の体がガチガチに強張っていたことに気付いた。

「……無理してるんじゃないかって、心配になっただけです」

優しく細められる目に、ドクンと心臓が揺れた。

なぜだか見ていられなくて、亜希は不自然に目を逸らす。ただ、心の中に生まれた決意は、揺るがなかった。

「……無理してるか、どうか……、逃げていたら、それすら、わからない、ので……。向き合って、みたいな、って」

「……」

「あの……、駄目で、しょうか」

「……いえ。……ちょっとかっこいいなって思っただけです」

「え……？　あの……」

「……そういうとこ、ほんと、敵わないんですよね、俺」

最後に零したひと言には、なんだか複雑な思いが滲んでいるような気がして、亜希はふたたび手塚を見つめる。

けれど、手塚はただ笑うだけで、それ以上、なにも言わなかった。


保護犬シェルターを訪れたのは、一月の最後の土曜日。

手塚はようやく修論の提出を終えたとのことで、前日のメールでは少し時間に余裕ができたと話していたけれど、実際に会うと、顔には少し疲れが見えた。

「大丈夫、ですか？」

「え？　全然ですよ。ってか運転するの久しぶりだな……。気を付けますけど、怖かったらすみません」

「いえ……！　お任せして、すみません」

目的の保護犬シェルターがあるのは、埼玉県飯能市（さいたまけんはんのうし）。

電車で行くには少し不便な場所にあるとのことで、今回も手塚は研究室で使っている車を借りた。

ナビ通りならば、到着までは一時間半。

余裕を持って出たつもりだったけれど、土曜日の高速は想像よりも混雑していて、着いたのは約束の時間ギリギリだった。

車を下りて最初に目に入ったのは、広い敷地の中を左右に続く、亜希の身長よりも高い木製の柵。

正面には扉があり、その上に「飯能ふれあいシェルター」という看板が掲げられていた。

「この辺りは初めて来ましたけど、街が近い割に自然豊かですよね」

手塚はそう言いながら、早速インターフォンを押す。

しかし、しばらく待ってみても、一向に応答はない。

亜希が柵の隙間からそっと覗いてみると、敷地には犬用の遊具がいくつも設置されていて、奥には二階建ての建物が見えた。

「あれ？　……留守のはずないんだけどな」

手塚は首をかしげ、ポケットからスマホを取り出す。――そのとき。

突如、バタバタと人の気配が近寄り、勢いよく扉が開いた。

「ようこそいらっしゃいました！　手塚さんでしょ？」

あまりの勢いに、手塚と亜希は同時に肩をビクッと震わせる。

現れたのは、想像よりもずっと若い、長身の青年だった。

「待ってました！　ほんと、ありがとうございます！　どうぞどうぞ中に！」

青年は異様にテンションが高く、初対面とは思えない程、人懐っこい笑みを浮かべている。

ダメージジーンズと泥で汚れたTシャツを着て、少し長めの前髪を頭の上で無造作に結び、露わになった大きな目はキラキラと輝いていた。

その、いかにも無邪気で好奇心が有り余っている雰囲気や、耳にかかる黒髪が風になびく様子を見ながら、亜希はふと、ボーダーコリーの子犬を思い浮かべた。

思わず可愛いと口にしそうになって、慌てて口を噤んだ。

「あ、あれ？　なんか引いちゃってます？　……ってか、犬たちの圧がすごいから、ひとまず中に！」

「あ……、ああ、すみません。お邪魔します……」

手塚は珍しく面喰らっていた。

それは無理もなく、扉の奥は、犬たちが抜け出さないよう格子の二重扉になっているものの、数えきれない程の犬たちが押し寄せ、ぶんぶんと尻尾を振りながら青年にまとわりついていた。

「扉を閉めたら、こっちの格子戸を開けるので、強引に突き進んでくださいね！　噛んだりはしないけど、転びでもしたらよだれで溺れちゃうから」

「溺れ……、るかもですね。……本望だけど」

「本望なの？　うける。さすが八坂さんの弟子だわ」

青年のあけっぴろげな物言いは、逆に清々しい。

ただ、亜希にとってはこれまでにまったく関わったことのない人種だというのに、不思議と苦手に感じなかった。

亜希たちは群がってくる犬たちの間を掻き分けるようにして、敷地に敷かれたウッドデッキを進む。

犬たちの興奮した様子も、その息遣いも、千切れんばかりに尻尾を振る仕草も愛しく、亜希はいっそ立ち止まって堪能したい衝動に駆られたけれど、ぐっと堪えて手塚たちを追った。

やがて、二階建ての建物まで着くと、青年は二人に外階段を上るよう促す。

二階には広いウッドデッキがあり、二組のテーブルが設置されていた。青年は、ウッドデッキの入り口に設置された柵から、犬たちが入らないようにと慣れた様子で体を滑り込ませ、二人にテーブルを勧める。

そして、ようやく一息ついた。

「ほんと、ぐっちゃぐちゃですみません！　今、犬がすごく多くて。全部で六十頭くらいいるから」

「い、いいえ。えっと……、僕は大学で八坂教授にお世話になってる、手塚隼人（はやと）です。こちらは、獣医の桜井亜希先生です」

「よ、よろしく、お願い、します……！」

亜希が頭を下げると、青年は嬉しそうに笑う。

「聞いてる聞いてる。俺のことも聞いてると思うけど、このシェルターを運営してる、榊原（さかきばら）佑真（ゆうま）です！　元々は親父がここを作ったんだけど、もう六年前になるかな、俺が二十二歳のときに死んじゃって、それ以降は俺が続けてるんだ」

「それは、大変でしたね……」

「いや全然。子供の頃からここで育って、慣れてるから。ってか、歳も近そうだし、そんなに畏（かしこ）まらなくていいよ。ほんとテキトーでいいからね」

佑真は口調もまたずいぶんくだけていて、よく見れば顔もずいぶん整っているし、一見すると、街中で騒いでいるような若者の雰囲気すらある。

ただ、亜希は、そんな佑真に対して緊張しない理由を、ここに来るまでの間に、すでに理解していた。

まず一番は、犬たちの表情があまりに幸せそうだったこと。どの犬も佑真のことが大好きだと、全身で訴えていた。

六十頭もの犬を飼育しているというのに、こんなに懐かれる程の愛情を注ぐのはなかなか難しいはずだ。

次に、敷地内の遊具が、しっかりと手入れされていること。

タイヤを組み合わせたものだったり、平均台のようなものだったりと種類も多く、どれも急な段差がなく端はすべて丸く整えられ、無骨だけれど、いかにも手作りといった風合いがあった。

「あの、ここは、お一人でされてるんですか……？」

そう尋ねたのは、手塚。

おそらく、ずいぶん手の行き届いている様子を見て、亜希と同じことを考えたのだろう。

　すると、佑真は首を横に振る。

「日によってはボランティアさんも来てくれてるし、いつもは母もいるんだけど、最近体調を崩しちゃって」

「なるほど……、そうだったんですね。六十頭もいて、ここまで管理されてるのはすごいなって。……不躾ですけど、お金もかなりかかるでしょうし……」

　それは、亜希も少し気になっていたことだった。

　保護犬シェルターの運営は、基本的にボランティアであり、ほとんどの場合、寄付以外にこれといった収入源を持っていない。

　これだけの施設を運営する資金源が、少し気になってしまう。

　すると、佑真は唐突に、テラスから部屋の中を指差した。

　亜希たちが視線を向けると、ガラス越しの部屋の中には、パーテーションで仕切られた書斎が見えた。デスクと、何台かのモニターが確認できる。

「あれが、職場」

「え？　職場……って」

「俺、フリーのエンジニアなんだ。大学在学中から仕事してる」

「ああ！　……そういうことですか」

つまり、佑真にはしっかりとした本業があるらしい。確かに、フリーのエンジニアなら自宅でも作業ができるし、仕事量も調整がきくぶん、過酷なのは確かだが両立できなくはないだろう。

ただ、エンジニアと聞いて亜希が漠然とイメージするのは、何時間も集中してパソコンに向き合う姿。

失礼だとはわかっていながらも、佑真の明るいキャラとは、なんとなく結びつかなかった。

すると、そんな考えを見抜かれてしまったのか、佑真は苦笑いを浮かべる。

「まぁ昔は、……それこそ、父がやっていた頃は、貯金を切り崩す一方だったけどね。祖父から譲られた土地だって、その頃にこの敷地を残して全部手放しちゃったし、結局働きすぎて過労で早死にしちゃった。俺は、動物好きが高じてがむしゃらにやってた父を尊敬してたけど、なにもかもを犠牲にしてるみたいなのは、きついなって。だから、そうならないようにって、高校の頃から無理なく運営できる方法を考えてたんだ。……想定よりは、ずっと早く継ぐことになったけど……、お陰でなんとかなってるよ」

「そう、だったんですね……」

亜希は、佑真の話にすっかり感心していた。口調はやはり軽いけれど、言葉のひとつひとつから、強い思いが伝わってくる。

おそらく、佑真は情熱や芯の強さをあまり表に出さないタイプなのだろうと、亜希は思った。

そういうところは、少し、手塚と似ている。

黙って話に聞き入っていると、佑真は空気を察してか、突如表情を明るくした。

「まぁ偉そうなこと言ったけど、犬たちにはめちゃくちゃ手がかかるし仕事ばっかかしてらんないから、ギリギリの収入しかないけどね。とにかく、もっと人手が欲しい。……ってわけで、手伝ってくれるんでしょ？」

亜希たちが頷くと、佑真は立ち上がってテラスのガラス戸を開け、二人を建物の二階へ案内した。

「二階は一応生活スペースで、書斎もあるし、唯一動物たちが立ち入らないところだから、荷物はここに置いてくれれば安全だよ。ちなみに一階では、怪我してたり、心を閉ざしちゃった子を保護してる。……亜希先生って獣医さんでしょ？　後で少し診てもらってもいい……？」

「もちろん、です……！」

「よかった、ありがと。じゃあ先に、さっきの大暴れしてた連中の散歩、手伝ってもらっちゃおっかな」

　途端に、手塚の目が輝く。

　佑真はそれを見逃さず、手塚の肩にぽんと手のひらを乗せた。

「八坂さんから聞いてたけど、手塚くんって無類の犬好きなんだよね。すごい頼もしいわ」

「あ、……はい。飼ってましたし、それをこじらせて動物行動学を研究してるくらいなので……」

「まじかー、気が合いそう。よろしくね」

「は、はい……！」

　佑真の極端な距離の詰め方に、手塚は少し困惑しているようにも、逆に興味を惹かれているようにも見えた。

　やはりどこか通じるものがあるのだろうと、亜希は微笑ましい気持ちで二人の様子を見守る。

　そして、二人が二階に荷物を置くと、佑真はふたたびテラスに出て、外階段に向かった。

　柵の前で待ち構えていた数頭の犬たちがすぐに察し、ぴょんぴょんと飛び跳ねながら、嬉しそうに鳴き声を上げる。

「体格ごとに十頭ずつ散歩させてるんだけど、この子らいつも庭を走り回ってるし、気晴らし程度で大丈夫だからね。一番デカイ奴らは俺が引くから、手塚くんは中型、亜希先生は小型をお願いしていい？」

「もちろん、です！」

亜希たちが頷くと、佑真は犬たちに揉まれながらも、慣れた手つきで一頭ずつリードを付けていく。

そして、早速外に出たものの、その散歩は、これまでに経験したどんなものとも違っていた。

亜希が連れているのはどれも小型犬だが、縦横無尽に歩く犬たちのリードを絡まらないよう捌（さば）きつつ、進行方向に誘導するのはかなり骨が折れる。

足元にまとわりついたり、急に走り出したりと動きが予想できず、亜希は前を歩く佑真に着いていくので精いっぱいだった。

一方、手塚はすぐに要領を得て、むしろ散歩を楽しんでいた。

佑真は折り返し地点で立ち止まると、ぐったりと疲れ切った亜希を見て笑った。

「ほとんどが飼われた経験のない子たちだから、動きが自由で大変でしょ？　これでも、散歩できるように最低限はしつけてるんだけど、どんどん増えるから追いつかなくて。ただ、俺が前を歩いてるし、この辺りは車が少ないから、そこまで神経を使いすぎなくても大丈夫だよ」

「す、すみま、せん……！」

「とんでもない、ありがとう。母が体調崩して以降、ボランティアさんがいないときは一人で朝晩に六往復してたから、ほんとに助かる」

「合計で十二往復か……。榊原さんってすごいタフ……」

「佑真でいいよ、言いにくいでしょ。こっちも隼人くんって呼んでいい？」

「え、あっ……、もちろん」

大型犬を十頭も連れ、かなりの体力を使ったはずなのに、佑真は相変わらずの様子だった。

亜希は、これを毎日続けるのはなかなか過酷だと、改めて実感する。しかも、散歩は世話の中のごく一部でしかない。

「じゃ、ちょっと休んだら戻ろっか。もう一往復あるし、この子たちが騒ぎだしちゃうから」

「は、はい……！」

それから亜希たちはシェルターに戻り、留守番していた犬たちを連れて同じコースをもう一度散歩し、終えた頃にはすっかり昼を回っていた。

さすがに疲れきって壁に背中を預ける手塚を他所に、佑真は皆に水とおやつを配りながら、楽しそうに笑う。

「俺たちも、お昼ご飯食べようよ。超適当だけど、作るから」

「え、そんな、食事までいいんですか……？」

「うん。ってか、米や野菜は近所の農家さんたちがいつも分けてくれるんだ。犬たちの餌にも使ってるけど、それでも使いきれないくらい」

「へぇ……、いいですね」

「お陰様で、食費がだいぶ浮いてる。ご近所付き合いってありがたいね」

佑真はそう言うと、亜希たちをふたたび二階のテラスに通し、中にあるキッチンに向かった。

二人になると、手塚はほっと息をつく。

「亜希先生、大丈夫ですか？」

「あ、はい……！　久しぶりに、思いきり、体を動かして……、気持ちいい、です……！」

「よかった。……ってか、佑真さんってなんだかすごい人ですね。最初は妙に軽そうだなって思ったんですけど、これだけの犬の世話をしながらエンジニアで稼いで自炊して……って、すごいバイタリティ」

「はい。……すごく、動物が、好きなんだなって、伝わり、ます」

「単純だけど、それだけで気を許しちゃいますよね」

手塚と亜希は、顔を見合わせて笑った。

やがて、佑真がフライパンと取り皿を手にテラスに現れる。

「超簡単なもので悪いけど、チャーハン作ったから好きなだけ取って食べて！」

「すごい、豪快ですね……！」

「飾り気もないけど味もフツーだから、期待しないで」

「いいえ、美味しそうです！　いただきます」

フライパンをテーブルに置くと、たちまち辺りにいい香りが漂った。

庭で遊んでいた犬たちが、一斉に騒ぎはじめる。

「こらこら！　君ら、さっきおやつ食べたじゃん！」

佑真はテラスの柵から身を乗り出し、犬たちに声をかけた。まるで兄弟と話しているような微笑ましい光景に、亜希はつい笑う。

すると、佑真がふいに亜希を見つめた。

「あ、亜希先生、これ食べたら一階の子たちをお願いするね！　……実は、保護したばかりの、ちょっと気になる子もいて」

「もちろん、です。あの……、気になる子、って……？」

含みのある言い方が気になって尋ねると、佑真は困ったように眉を顰めた。

「昨晩保健所から連絡がきて引き取った、生後半年くらいの雑種犬で、人をすごく怖がってるんだよね。っていうのが、ずっと山の中で生活してたのか、近寄っただけでガタガタ震えちゃって。……餌も食べないし、検診に連れて行くどころか、まだシャンプーすらできてないんだ」

「それは、すごく心配、ですね」

「そういう子って少なくないんだけどね。できればしばらく付いててあげたいけど、なんせ今六十頭いるし、せっかく二人が手伝いに来てくれるって話だったから、様子を見てくれると助かるなって」

「わかり、ました。是非」

「よかった。実は、隼人くんが連れてくる亜希先生は、動物の気持ちが魔法のように理解できるすごい人らしいって、八坂さんからも聞いてたんだ。……よく自慢してるらしいじゃん？　八坂さんに亜希先生のこと」

ふいに、亜希の心が痛んだ。

佑真は少しいたずらっぽい表情を浮かべ、手塚を小突いている。

いつもなら、照れ臭くて居たたまれなくなるだけで済む話題なのに、今日に関しては、そうはいかなかった。

亜希は必死に平静を装いながら、曖昧に頷く。

「ど、動物が……、すごく、好き、なので……。でも……、お役に立てるか、どうかは……」

自信のなさから、声が少し震えた。

すると、突如手塚が足先で、ちょんと亜希の靴をつつく。

反射的に顔を上げると、微笑む手塚と目が合った。

「……八坂教授に自慢だと思われてたなんて、恥ずかしすぎますね……。ただ、確かに亜希先生は動物たちへの愛情がすごく深いですし、獣医さんとしても優秀ですから、知らず知らずのうちに声に出てたのかも」

「うわー、もはや惚気（のろけ）じゃん。……ま、そこらは深く追求しないでおくよ」

余計にからかわれると知りながら、あくまで獣医としての亜希を褒めてくれたのは、手塚の気遣いだと亜希は気付いていた。

お陰で亜希の動揺はわずかに収まり、もう大丈夫だという意味を込め、亜希も足先で手塚の靴をちょんとつつく。

するると、手塚はこっそりと頷いた。

「さて、……じゃ、下に案内しよっか」

食事を終えると、佑真は屋内の階段を使って、亜希たちを一階へ案内した。

一階には、ケージがずらりと並ぶ無機質なスペースが広がっていて、さらに奥にはシャンプーやトリミングをするための水場と作業台が見える。

「外にいた子たちも、ここで寝てるんですか？」

「いや、元気な子らの小屋は別にあるよ。保護したばかりの子と一緒にしたら、ストレス溜めちゃうからね」

「確かに、そうですね」

「で……、とくに注意が必要な子は、さらに奥」

佑真はそう言うと、たくさんのケージを通り越し、突き当たりにある戸を開けた。

中は四畳半程の薄暗いスペースで、いくつかのケージが床に直置きされている。

「音や声に敏感に怯えちゃう子は、ここに隔離してる。……で、さっき言ってた気になる子っていうのは、一番奥のケージの中だよ。ちなみに、ここじゃ名前がないと不便だから、今は仮に〝リク〟って呼んでる」

「え？　リク……？」

「うん」

偶然にも、仮の名は手塚が大切にしていたレトリバーと同じだった。思い出が過ったのか、手塚の表情が少し緩む。

そして、佑真が指差す先にあったのは、戸が開けっ放しになった五十センチ四方のケージ。

亜希が近寄ろうとすると、佑真が口の前に人差し指を当てた。

「そっと、静かにね」

「は、はい……」

亜希は膝をつき、息を潜めて少しずつケージに近寄る。

すると、格子の隙間から、小さく丸まった茶色い犬の姿が確認できた。

「この子が、リク……」

「そう。……震えてるでしょ」

確かにリクは遠目にもわかる程小刻みに震えていて、手前に置かれた餌箱には、口をつけた形跡がなかった。

亜希の心が、ぎゅっと締め付けられる。

これまでたくさんの動物たちを保護してきたけれど、ここまで怯え切った子に出会うことは滅多にない。

まず最初に頭を過ったのは、リクには、人に怯えるキッカケとなるような辛い過去があるのではないかという予想。

たとえば、棄てられたとか、暴力を受けたなど、可能性はいろいろあるが、動物は、幼い頃に受けた心の傷を、いつまでも記憶している。

じっと見つめていると、べったりと汚れた毛の間から、怯え切った目がチラリと覗いた。

亜希はなかば無意識に、その目に意識を集中させる。――けれど、リクの感情はまったく伝わってこなかった。

覚悟していたとはいえ、亜希は、ショックを受けずにはいられなかった。

もちろん、まだ動物の声が聞こえていた頃にも、心を閉ざしている動物から感情が伝わらなかった経験は何度もあるし、決して珍しいことではない。

けれど、リクを前にしたときの感覚は、そういうものとはまったく違っていた。

以前なら、声が聞こえなかったとしても、集中を深めていけば、ずっと遠くとも、秘めた感情の存在を感じることができた。

しかし、今日に関しては、完全な、無。

これ程までになんの手応えもなかったことなど、一度もなかった。

考えてみれば、動物たちの声が聞こえなくなって以来、亜希は、メロや病院によくやってくる動物たちとしか触れ合っていない。

ある程度の信頼関係が築けている相手を前にすれば、たとえ声が聞こえなくとも、安心して体を委ねてくれるお陰で、心が通じているはずだと信じられたし、少しは前向きに考えることができた。

しかし、実際は、それもすべて妄想だったのだと思わずにいられないくらいに、リクと亜希の間にはなにもない。

不安どころか、恐怖すら込み上げてきた。

「亜希先生……？」

様子の可笑しさに気付いたのか、手塚が亜希の横に並ぶ。

亜希はなにも言うことができず、小さく首を横に振った。

すると、手塚は背後に立つ佑真を見上げる。

「佑真さん、気長に様子を見てるんで、リクのことはひとまず任せてくれていいですよ」

「そう？　まぁゾロゾロいてもアレだし、助かるよ、ありがと。……じゃあ、俺はお言葉に甘えて小屋とか庭の掃除してくるね」
佑真はそう言い残し、亜希たちの元を後にする。
気配がなくなった途端、亜希の指先が小さく震えはじめた。
「手塚、くん……、やっぱり、私……」
無理かもしれない、と。あっさりと折れかけた気持ちが、ふいに口から零れそうにな
る。
すると、手塚が亜希の背中にそっと触れた。
「焦らなくて大丈夫ですって。……ゆっくりやりましょう」
「でも……」
「たとえ言葉が聞けなくたって、動物たちに対してできることは、僕なんかよりもずっ
と多いはずでしょ。亜希先生がたくさんの動物たちの救いになってこれた理由、よく考
えてください。亜希先生の特別な力は、あくまでプラスアルファでしかないんですよ。
……使えなくたって、少なくともマイナスじゃない」
手塚の声を聞いていると、心を埋め尽くしていた無力感が、不思議と少しずつ曖昧に
なっていく。
亜希は手のひらをぎゅっと握り、ふたたびリクへ視線を向けた。

ケージの端にうずくまり、小刻みに震える体からは、不安や恐怖や悲しみが伝わってくる。

その姿を見て、亜希は少し冷静さを取り戻した。

「手塚、くん。……ありがとう、ございます。今、苦しいのは、……私じゃ、なくて……、この子、ですもんね」

「俺にとってはどっちも優先です。……ただ、あまり気負わないでください」

リクの震えはどんどん大きくなり、やがて、怯えて唸り声を上げた。

亜希は頷き、さらにケージに近寄る。

「……大丈夫、だよ」

これまで動物たちと深く関わってきた亜希は、相手の感情が伝わると同時に、自分の怯えや不安もすべて伝わってしまうことをよく知っている。

だから、どんなに無力を嘆こうとも、態度に出すわけにはいかなかった。

亜希は、餌箱からペレットを一粒摘み、リクの傍に置く。

「おいしい、から……、食べ、よう……？」

声をかけると、怯え切った瞳が亜希の方へ向けられた。

リクが抱える不安や恐怖を少しでも和らげるにはかなりの根気が必要だと、亜希は覚悟を決めて床に座り込む。

そして、一定の距離を保ったままときどき声をかけ続け、――気付けば、ずいぶん長い時間が経過していた。

ようやく状況が変化したのは、リクと初めて会ってから、二時間以上経った頃のこと。

手塚がそっと転がしたゴムボールに、ほんのかすかに瞳を動かしたのが、最初に得られた反応だった。

恐怖や不安の奥に潜むかすかな興味を亜希たちは見逃さず、すかさずもう一度ボールを転がす。

長い時間をかけたこともあり、その頃には、リクの体の震えはほとんど止まっていた。

「遊ぼう……？」

亜希はその目をじっと見つめ、なんとか気持ちが伝わらないかと、必死に訴えかける。

すると、今度は鼻先がひくひくと動いた。

緊張が緩むにつれ、餌のにおいが気になりはじめたのだろう。それは無理もない。リクは昨晩保護されて以来、餌に手をつけていないという話だった。

亜希はふたたびペレットを一粒リクの傍に置き、様子を見守る。

すると、――リクはペレットのにおいを嗅ぎ、やがて、おそるおそる口に入れた。

ついに食べてくれたと、感動に近い喜びと安心が込み上げてくる。

思わず声を上げそうになって、亜希は慌てて口を押さえた。

そのとき、背後から佑真がこっそりと顔を出す。

「ずいぶん長いこと相手してくれてありがとうね。……ってか、リクの様子はどうかな？」

そう問いかけながらも、佑真は餌を食べるリクに釘付けになっていた。

「え、すご……。食べてるじゃん。数日かかることもザラにあるのに」

「まだ幼いですし、知らない環境に怯えてただけかもしれませんね」

「そっか。じゃ、思ったよりも早く他の犬たちと打ち解けるかもね」

佑真が言う通り、リクは餌を口にしたことで緊張がほぐれたのか、ゆっくりと餌箱に近寄る。

そして、亜希たちの方をチラチラと気にかけながらも、餌箱の中のペレットを食べはじめた。

「……大丈夫そうですね」

手塚が嬉しそうに呟く。

亜希もたまらない気持ちで、その姿を見守った。——しかし、そのとき。

亜希はふと、立ち上がったリクの後ろ脚に、小さな違和感を覚える。

「あれ……、リク、後ろ脚が……」

リクは、右の後ろ脚を不自然に浮かせていた。

最初はケージが狭いせいかとも思ったけれど、よく見てみると、大腿がかすかに震えているように見える。

「膝、曲げてますね。……痛いのかな」

「やっぱり、そう、ですよね……」

触診したいところだが、ようやく心を開きかけたばかりなのに、無理に近寄ればまたストレスを与えてしまう可能性が高い。

「ここから見る限りでは、外傷はなさそうですけど……、佑真さん、連れてきたときはどうでした？」

手塚が尋ねると、佑真は首を捻った。

「いやー……、なにせこんな様子だったから、まだ状態をきちんと確認できてないんだ……。ただ、シートを替えたときに、出血は確認できなかったけど」

出血がないとなると、考えられるのは骨や筋など内部の異常。場合によっては、外傷よりも深刻な病気である可能性もある。亜希の頭には、少し嫌な予感が過っていた。

「……佑真、さん。……少しだけ、部屋を明るく、しても……」

「あ、うん、もちろん」

佑真はそう言うと、照明の調光を調節した。

幸い、リクはさほど気にする様子もなく餌を食べ続けていて、亜希は警戒させないようゆっくりとケージに近寄る。

「脚、痛いの……？」

小さな声で問いかけると、リクの耳がピクリと揺れる。

ただ、やはり感情は伝わってこない。

これまでなら、会話をしたりイメージを伝えてもらうことで体の状態を知ることができたのに、今回はそういうわけにはいかなかった。

その手段が断たれてしまえば自分はこんなに無力なのかと、亜希の心は痛んだ。今はそんなことを考えている場合じゃないという焦りが、余計に気持ちを追い詰めていた。

――そのとき。

「亜希先生、……焦らないでくださいね」

手塚に声をかけられ、亜希はふいに我に返る。

振り返ると、手塚は穏やかに笑い、亜希の腕を引き寄せた。

「診察は、もう少しリクにリラックスしてもらってからにしましょう。……ひとまず、交代」

「え、でも……」

「大丈夫ですよ。頼りないかもしれないけど、俺だって一応、こういうのは専門分野なんですから」

手塚はそう言うと、ゴムボールを掲げて見せた。

亜希は頷き、ゆっくりと後ろに下がる。

手塚はリクの興味がケージの外に向くよう、リクの目線の先でそれを左右にゆっくりと転がした。

餌を食べ終えたリクは、ボールと手塚の目を交互に見ながら、じっと様子を窺っている。

興味と不安がせめぎ合う心理が、その表情に表われていた。

手塚もそれを察したのか、少しずつケージから離れる。

ゆっくりと、同じ動作を根気よく繰り返しながら優しく声をかける手塚の仕草は、とても優しかった。

そして、さらに一時間が経過した頃、ついにリクはケージから鼻先を出す。

相変わらずビクビクと左右を警戒していたけれど、その目には、さっきよりも強い好奇心が滲んでいた。

「お、……尻尾がちょっと上がった。いい感じ」

後ろで佑真が嬉しそうに囁く。

確かに、さっきまでは足の間に挟んだままにしていた尻尾が、少し上に向いている。

それは、恐怖が和らいだ証拠だった。

そして、リクはついにケージの外に一歩踏み出し、手塚が転がしたボールを、鼻先で止めた。

同時に、手塚がその首元を優しく撫でる。

「ね、怖くないでしょ？　……一緒に遊ぼう」

まるで、魔法のようだと亜希は思った。

不思議だ、と。これまでは、手塚から言われる一方だったけれど、今日ばかりは逆だった。

これまで、亜希が自分の特別な力を使ってしてきたことを、手塚は経験と根気と優しさで、成し遂げてしまった。

動物たちの声が聞こえなくなってしまった亜希にとって、それは、無力さを覚える以上の、大きな希望でもあった。

手塚の距離の詰め方は、ひたすら穏やかで優しい。

思えば、亜希との間もそうだったと、亜希はふと、手塚と出会った頃のことを思い出した。

それ以前は、自分が誰かを特別に思うことがあるなんて想像すらしていなかったのに、手塚はまるで野生動物に触れ合うかのごとく、距離を保ちながらも根気よく手を差し伸べてくれた。

まさに、ケージの中で怯えるリクを誘い出すかのように。

特別な力というのは、むしろこういうことを言うのかもしれないと、亜希は思う。

そして、獣医になって以来、動物たちと会話できることを強みにすることで、こういう根気強さや優しさを少しずつ失っていなかっただろうかと、ふと考えた。

「――亜希先生、見て」

突如声をかけられ、すっかり考え込んでしまっていた亜希は、ビクッと大きく肩を震わせる。

見れば、リクはずいぶん手塚に気を許し、傍でゆるゆると尻尾を振っていた。

「あっ……、す、すごい、です……！」

「亜希先生……？　どうしました？　ビクビクして」

「……すみま、せん。つい、ぼーっと、して……」

「……一瞬、亜希先生がリクに見えました」

手塚の言葉に、佑真が声を殺して笑う。

亜希は苦笑いを浮かべながらも、手塚の手の中ですっかり警戒をなくした自分は確かにリクとそう変わらないと、密かに認めてしまっていた。


その後、ようやくリラックスしたリクの体を洗ってやるため、手塚はリクをドックバスへと運んだ。

試しに足元にそっとシャワーをかけてみると、リクは不安げに手塚の目を見つめながらも、手塚を信用しているのか、大人しくしていた。

「お……、大丈夫そうだね」

「すっかり、懐いちゃいました、ね」

「やばいな……、かわいい」

手塚は嬉しそうに笑みを浮かべ、リクの体を洗った。

偶然にも、大切にしていた犬と名前が被ってしまったことで、より感情移入しているのだろう。

その姿は、とても微笑ましかった。

けれど、リクの体には、確かめるべき不安な点がひとつある。

「手塚、くん……、右の後ろ脚、……どう、ですか」

亜希が尋ねると、手塚は注意深く足に触れた。――そのとき。大人しかったリクが、突如、ビクッと体を震わせる。

やはり痛いのだと、その反応から明らかだった。

「痛がってますね……」

「シャンプーが、終わったら……、診て、みますね」

「……はい。大丈夫かな」

体を洗い終え、トリミング台に移動させてドライヤーで乾かしている間、亜希は往診バッグを用意した。

やがて、庭に出ていた佑真が戻り、心配そうに亜希たちの元へとやってくる。

「これから診察してくれるんだね」

「はい……」

「どうしちゃったのかなぁ。山にいたときに、怪我でもしたのかな。大丈夫だといいけど」

「……はい」

亜希は頷きながら、心の中には、さっき覚えた嫌な予感がふたたび込み上げていた。

痛がっているが外傷はなく、場所は脚の、おそらく関節。この症状とリクの様子から、亜希には経験上、頭を過る病名があった。

それは、――骨肉腫。

骨から発生する悪性腫瘍で、犬に多く、発症すればあっという間に転移してしまう恐ろしい病気だ。

初期段階で気付くのは難しく、ようやく気付いた頃にはすでに全身に転移してしまっていることも少なくない。

つまり、大袈裟だと静観するのは命取りであり、命運を分けるのは、早期発見以外にない。

リクの体を乾かし終えると、亜希は患部を確認するためゴム手袋を付けてトリミング台に近付く。

すると、リクはその気配に気付くやいなや、ビクッと体を震わせて不安げに瞳を揺らした。――けれど。

「リク、大丈夫だよ。亜希先生は嫌なことをしないから」

手塚が優しく撫でると、リクはたちまち大人しくなった。

亜希は頷く手塚に応え、リクの傍に立つ。――しかし、そのときの亜希の心には、強い痛みが走っていた。

十分に覚悟していたはずなのに、とても抑えることができないこの感情は、おそらく、無力感と絶望。そして、嫉妬。

こんな感情を知りたくなかったと、亜希は思う。

動物たちとの特別な絆は、亜希にとって、子供の頃から心の拠り所だった。

しかし、自分だけに警戒心を見せるリクによって、それはもう自分に無いのだと、現実をハッキリと突き付けられてしまった。

そして、その瞬間、自分は覚悟どころか本当は少しも前を向けていなかったのだと、――こんな小さなキッカケひとつでたちまち絶望の淵に立たされてしまう程、傷付いてしまっていたのだと、自覚してしまった。

ずっと目を逸らしてきた心の穴を、亜希にはもはや無視することも、受け入れることもできなかった。

リクの脚に伸ばす手が、小さく震える。――そのとき。

「亜希先生……？」

ふいに、手塚が亜希の手首を掴んだ。

見上げると、手塚は戸惑った表情を浮かべ、亜希を見つめている。

手塚が止めたのは、言うまでもない。震える手で触れてしまえば、リクに不安が伝わってしまうからだ。

「……すみま、せん。……後に、します」

亜希はハッと我に返り、トリミング台から離れてゴム手袋を外す。

「え？　……亜希先生、ちょっと待っ……」

そして、そのままくるりと向きを変え、驚いた顔の佑真の横をすり抜け、二階に駆け上がった。

最悪だ、と。

心の中を、みるみる後悔が埋め尽くしていく。

けれど、亜希にはどうすることもできなかった。

思い出すのは、亜希を制した手塚の表情。信用できないと物語るその目を、亜希はこれまで一度だって見たことがない。

手塚の判断が正しいことは、もちろんよくわかっている。お陰でリクを怖がらせずに済んだし、むしろ、止めてくれなければ取り返しのつかないことになっていたかもしれない。

止められないのは、自分に対する落胆だった。

ガラガラと音を立てて崩れていく自信を、今の亜希には、拾い集めることすらできない。

二階に上がると、亜希はテラスに出て外階段に向かった。

どこに行くつもりなのかは、自分でもよくわからない。けれど、止まった途端に心が押しつぶされてしまいそうだった。

亜希はテラスと外階段を仕切る柵を開け、階段に足をかける。

しかし、そのとき。目に入ったのは、階段の下から勢いよく駆け上がってくる大勢の犬たちの姿。

避ける間もなく飛びかかられ、亜希はテラスまで押し戻された。

「わぁっ……、ちょっと、待っ……」

力に負けて倒れ込むと、たちまち犬たちが体の上に乗りかかり、勢いよく頭や顔を舐めはじめる。

うっすら目を開けると、千切れんばかりに尻尾を振る様子が見えた。

亜希はあまりの勢いにしばらく放心し、やがて、諦めて体の力を抜く。——すると、次第に涙が込み上げてきた。

堪えられずに涙を零すと、犬たちはクゥンと悲しげな声を上げながら、涙を舐め取ってくれる。

まるで子供をあやすようなその優しい仕草に、すっかり冷え切っていた心がじわりと温もった。

全身にかかる犬たちの重みが、なんだか心地いい。

まるで、心がバラバラになってしまわないよう、押さえ付けてくれているかのように思えた。

「私、……本当に、駄目で……」

つい、弱音が溢れる。犬たちが、まるで相槌を打つようなタイミングで亜希の頬をペロリと舐めた。

「手塚くんに、まで……、嫉妬、して……、卑屈に、なって……。こんなの……、本当に、最低……」

みるみる悲しい気持ちが込み上げ、亜希は両腕で顔を覆う。――すると。

「――嫉妬してんのは、こっちですよ」

上から降って来た手塚の声に、亜希の心臓がドクンと大きく鼓動した。最悪な言葉を聞かれてしまったと、たちまち焦りが込み上げてくる。

すると、いまだ身動きが取れない亜希の上に、手塚の影がかかった。

「そういうの、俺に言ってくれません……？　犬たちにじゃなくて」

声の近さに、ふたたび心臓がドクンと跳ねる。

「……み、見ないで、くだ、さい」

「肝心なときに距離を置かれると、傷付くんですけど」

「……」

手塚は亜希の訴えを完全に無視した。

その少し拗ねたような口調が、亜希の気持ちをわずかに落ち着かせる。

やがて、手塚は亜希の手を取り、小さく溜め息をついた。――そして。

「悪いけど……、亜希先生返して」

犬たちにそう声をかけると、次から次へとまとわりつく犬たちをそっと避け、亜希の手を引く。

亜希が体を起こすと、途端に手塚のまっすぐな視線にとらえられた。

あまりの近さに、頭の中が真っ白になった。

すると、手塚は突如、小さく笑い声を零す。

「……全身、泥だらけじゃないですか」

　怒っているのかと思いきや、その声は、いつもと変わらず穏やかだった。張り詰めていた気持ちがふっと緩み、ふたたび涙が零れる。

「すみま、せん……。私……、みっともない、ことを……。自分から、付いて行くって、言ったのに……、こんなことで、傷付く、なんて……」

「気負わなくていいって言ったじゃないですか。動物たちのことは、二人で解決しましょうよ。……それに、亜希先生ができないときに俺にできるなら、結果、いつも通りでしょ？　結果は同じことです」

「……で、でも」

「てか、リクが俺に懐いて嫉妬する亜希先生より、亜希先生を盗られて犬に嫉妬する俺の方が、よっぽど始末に負えないっていう」

　その自嘲気味な台詞には、手塚の気遣いが溢れていた。

　黙って見つめる亜希の肩に、手塚がそっと触れる。

「別に、自分で付いて行くって言ったからとか、そんなの全然関係ないでしょ。……今さら、誰に遠慮してるんですか。弱音だろうがなんだろうが、思ったことを言ってください」

「遠慮、なんて……」

「してますよ。全然してます」

そう言い切られた瞬間、悲観的になっていた気持ちがスッと凪いだ。

手塚は亜希のボサボサに乱れた髪を撫で、そっと手を引き立ち上がらせる。

「とりあえず、ここにいると亜希先生が犬たちの標的になっちゃうんで、中に入りましょう」

「……はい」

「どうしますか？　……もう少し、上で休みますか？」

手塚の問いかけが意味しているのは、ふたたびリクの元に戻るかどうか。

途端に頭を過ったのは、リクが痛そうにしている後ろ脚のこと。亜希は顔を上げ、首を横に振る。

「いえ……、早く脚を、診てあげ、ないと……」

「でも、そんなに慌てなくてもいいんじゃないですか？」

「駄目、です……。少しでも早い、方が……」

「もしかして、――骨肉腫を疑ってますか？」

その問いに、亜希の心臓がぎゅっと震えた。

多くの動物たちと関わってきた手塚から、骨肉腫という病名が出るのは不自然ではない。

それがどれだけ深刻な病気かも、当然知っているだろう。

亜希は少し戸惑いながらも、ゆっくりと頷く。

すると、手塚は瞳を大きく揺らした。

「……リク、結構痛がってましたよね。もし、骨肉腫だったとして……現状、どう思ってますか？」

手塚の声には、隠しきれない不安が滲んでいる。

亜希は、手塚の手を強く握った。

「まだ、……わかりま、せんが……、万が一、骨肉腫だったと、すれば……、進行してるかも、しれない、です」

「……やっぱり、そうですよね」

「でも、これは、もっとも最悪な予想をした場合の話、ですから。……調べて、みないと」

「確かに。……わかりました。戻りましょう」

それから亜希たちは、一階に戻る。

トリミング台では、佑真がボールを手に、必死にリクの機嫌をとっていた。

「あっ！　おかえり！　……俺じゃ全然駄目だ。かろうじて怯えられてはいないけど、すごい不安げ……」

「すみません、でした……、私の、せいで……！」

亜希が慌てて頭を下げると、佑真は振り返り、こてんと首をかしげる。

「なんで？　そもそも俺がリクの相手を二人に丸投げしてるんだから、謝ることないでしょ」

「で、でも」

「むしろ、働かせすぎたかなって心配してたんだけど。何時間もリクの相手をしてくれてたしね。報酬はチャーハンだけなのに」

「そ、そんなこと……！」

亜希が首を横に振ると、佑真は可笑しそうに笑う。そして、手塚と場所を交代し、亜希の肩をぽんと叩いた。

「今日は本当に助かったよ。そろそろ暗くなっちゃうし、最後にリクの診察だけしてもらえたら嬉しいんだけど、いい？」

「あ、あの……！　そのこと、なんですが……、リクは、きちんと検査をした、方が……、いいと」

「検査？」

佑真の瞳が、かすかに揺れる。

亜希は頷き、リクの脚を指差した。

「杞憂かも、しれません、けど……、あの、痛そうにしてる、脚が……、もし骨肉腫だったら、って」

「え……？　待って骨肉腫って……」

「レントゲン、とか、細胞診、など……、きちんと検査をしないと、わかりませんが……。ここでは、設備が……」

「だったら、早く病院に連れて行った方がいいね」

「あの……！」

亜希は、今にもどこかに電話をかけようとする佑真の腕を掴む。

そして、佑真をまっすぐに見つめた。

「あの……、私にさせて、もらえませんか……」

「亜希先生に……？」

「はい。……リクは病院を、きっと怖がり、ます。でも……、うちなら、手塚、くんが、傍にいてくれます、から……」

亜希が視線を向けると、手塚は頷く。

「俺からもお願いします。このままじゃ、気になって……」

「そりゃ、俺にとってはありがたい話だけど……、亜希先生も隼人くんも忙しいでしょ……。そこまで手を煩わせるわけにはいかないよ」

そう言われ、亜希は少し冷静になった。

確かに、手塚はとても忙しい。

修論の提出が終わったといっても、博士課程への進学を目前に、さらなる多忙を極めることは考えるまでもない。

しかし、手塚は迷いもせず、あっさりと首を横に振った。

「亜希先生がいいなら、俺は大丈夫です」

「いや……、でも」

「リクがようやく心を許してくれたのに、ここで放っておくんだったら、そもそも大学で動物の研究してる意味がないですから」

はっきりとそう言いきる手塚に、佑真は肩をすくめる。

そして、やれやれと溜め息をついた。

「……そこまで言うなら、お願いするよ。……俺が八坂さんに怒られちゃいそうだけど」

「むしろ、このまま帰る方がよっぽど怒られます」

「それは……、まあ、そうかもね。……亜希先生、俺は犬たちがいるから亜希先生の病院に同行できないけど、検査結果が出たらすぐに連絡してくれる？」

「わかり、ました……！」

　こうして、亜希たちは、リクを預かって東京へ戻ることになった。

　帰り道、手塚はときどき車を停めて、ケージに入れたリクの様子を見ながら、時間をかけて帰った。

　そして、動物病院に到着するとすぐにさくらいホテルにリクを運び、手塚は一旦大学に車を置きに行って、すぐに戻ってきた。

　リクはといえば、環境が変わったことが不安なのか、最初に会ったときのようにケージの端にうずくまってしまい、結局、検査は翌日に持ち越しとなった。

　けれど、手塚は夜中までリクの傍を離れなかった。

　ようやくリクが落ち着きを取り戻したのは、夜中の一時過ぎ。

　ゆっくり眠れるようにとケージに黒い布を被せ、亜希たちは音を立てないように一旦さくらいホテルを出ると、ほっと溜め息をついた。

「亜希先生、すみません……、こんな時間まで」

「どうして、謝るんですか……。明日も休診、ですし……、なんの問題も、ないです……」

「それに……、リクのこと、受け入れてくれてありがとうございます。あのときは少し冷静さを欠いていたけど、検査だって治療だって結局は亜希先生頼りだし……。結果的に、負担を増やしてしまって……」

手塚が申し訳なさそうにしている理由は、おそらく、リクにすっかり情が移ってしまったからだと亜希は察していた。

心を開かなかった保護犬と何時間も向き合い、ようやく自分だけに懐いたとなれば、犬好きな手塚がそうなるのは無理もない。

そして、偶然にもリクという名前が付いていたことで、手塚はリクに、今は亡き愛犬リクを重ねている。

手塚の目からは、なにかをしてやりたいという強い気持ちが伝わってきた。

「先に、連れ帰りたいと、言ったのは……、私、ですよ。でも……、今の、声が聞けない私では、とても、大変なので……、手塚、くんが、必要です」

「亜希先生……」

「私にできる、ことは……、これまでとは少し、違います、けど……、リクを、助けたい気持ちは、同じ、です。仕事を増やしたなんて、言わないで……、二人で頑張り、ましょう……？」

　亜希がそう言うと、手塚は深く頷いた。

「ありがとうございます」

「今日は、早く寝て、ください……。検査は、明日、リクが落ち着き次第、しましょう」

「はい。……なるべく早めに来ますね」

　手塚が帰って行った後、亜希は翌日のために処置室の準備をし、二階に上がる。

　ベッドで丸くなるメロの姿を見た瞬間、気持ちが一気に緩み、その横にぐったりと倒れ込んだ。

　シャワーを浴びなければと思うのに、目の前で規則的に繰り返される呼吸を聞いていると、瞼がどんどん重くなっていく。

　意識が曖昧になっていく中、今日は本当に長い一日だったと、亜希はしみじみ思った。

　嫉妬し、傷付き、無力さに苛まれ、――もし一人だったなら、いっそ逃げ出したいと思っていたかもしれない。

　今の亜希にとって、リクを救いたいと迷いなく思えたことはせめてもの救いだったし、それだけで、まだ自分の根底は揺らいでいないと思うことができた。

亜希はシャワーを諦め、そのまま目を閉じる。

明日は、リクの検査をしなければならない。

獣医である以上、可能性のひとつとして、もっとも最悪な結果も覚悟しているけれど、手塚のことを思うと胸が激しく痛んだ。

今の亜希には、どうか杞憂でありますようにと、祈ることしかできなかった。


亜希の祈りもむなしく、――リクの脚が骨肉腫であると確定したのは、翌日の昼過ぎのこと。

翌日、手塚の付き添いのもとレントゲンと細胞診を行ったところ、残念ながら、結果はすぐに出てしまった。

患部があるのは、足根関節（そっこんかんせつ）。すでに、肺への転移も確認できた。

手塚に伝えると、ある程度覚悟をしていたのか大きく動揺することはなかったけれど、顔から血の気が引き、ぐったりと椅子に座り込んだ。

「……やっぱりそうだったのか……。亜希先生の予感、さすがですね……。あんな、ちょっと見ただけだったのに……」

「手塚、くん……。……不幸中の幸いといえるのは、比較的初期だったことと、転移した肺の病巣が、まだ小さいこと、です。もちろん、まず佑真さんに相談、ですが……、足根の原発巣を、取り除いて、抗がん剤治療を、すれば……」

「――切断、ですか」

ドクンと、亜希の心臓が大きく鼓動した。

手塚が口にした通り、もっとも有効な処置は、発症した脚の切断。発症した箇所によっては切除せずに治療を行うこともできるが、足根関節の場合は、脚を残しながらの治療は難しい。

手塚の表情は、これまで見たことがないくらいに沈んでいた。――けれど、亜希には、曖昧な言い方をすることはできなかった。

亜希は、手塚の手をぎゅっと握る。

「……生きるための、治療を望むなら……、そうなり、ます」

手塚の瞳が、大きく揺れた。

「切断せず、痛みを取り除き続ける選択肢も、ありますが……、切断すれば、長く生きられる、可能性が、上がります。……どっちが幸せかは、私には、判断、できません……。だけど、私は医者、なので……、できるだけ、長く生きられる方法を、最優先に、考え、ます」

　長い、沈黙。

　やがて、手塚がゆっくりと溜め息をついた。

「……こういうとき、亜希先生は本当に強いなって思います」

「手塚、くん……」

「どっちが幸せかどうかは、現時点じゃわからないですもんね。……重要なのは、これからどんな日々を送らせてあげられるか……」

「……そう思い、ます」

「佑真さんに相談しましょう」

　顔を上げた手塚は、決意を滲ませた目で亜希を見つめる。

　亜希は、深く頷いた。


　検査結果を佑真に電話で報告すると、翌日、佑真はボランティアにシェルターを任せ、さくらい動物病院へとやってきた。

「――可哀想に……。さぞかし痛かっただろうに、俺、全然気付かなくて、ごめんな……」

佑真はリクのケージの前に座り込み、がっくりと項垂れる。

手塚も学校を抜け、リクに寄り添っていた。

「にしても、骨肉腫か……。ずいぶん前、うちの犬をそれで亡くしたことがあるけど……、確か、手術しても長く生きられる保証はないいんだよね……？」

「はい。……術後の二年生存率は、二十パーセントくらい、です……。ただ、それは大型犬の、場合で……、リクのような中型犬は、もっと長く生きているデータが、多く、あります」

「たった二年後で二十パーセント……。そっか……」

佑真は黙り込んだ。

亜希たちは、黙って佑真の判断を待つ。

すると、佑真はしばらく考え、小さく溜め息をついた。

「……ごめんね。いろいろ、考える必要があって。……いや、もちろん治療を迷ってるわけじゃないいんだけど……」

いつも明るく振る舞う佑真の辛そうな呟きが、とても重く響いた。

考える必要があるという言葉の意味は、聞くまでもない。

あくまでリクは、ボランティアで成り立っているシェルターの保護犬。もし足を切断してしまえば、今後、健康な犬よりも手がかかるのは当然だし、そのぶんの人材も確保せねばならない。

もちろん、抗がん剤治療を続けるとなれば治療費もかかる。そんなハンデを負ってしまえば、当然、里親が見付かる希望も薄くなるだろう。

他にも六十頭を世話している佑真が、すぐに判断できないのは当然だった。

しかし、亜希は、検査結果が出た時点で佑真が悩むことを予想していたし、その場合のことも考えていた。

「……佑真、さん。……良ければ、うちで……」

「──俺に、引き取らせてもらえませんか」

亜希の言葉を遮ったのは、手塚。

驚く亜希を、手塚はまっすぐに見つめる。

「俺が、リクを引き取りたいです。今すぐにとはいきませんが……、犬と暮らせる家を急いで探して、引っ越して、できるだけ早くリクを迎えられる環境を整えます。大学に連れて行けば、付きっきりで面倒を見られますし」

「え、でも、隼人くん……」

「勢いで言ってるわけじゃないです。……昨日からずっと考えてました。……俺、この子を放っておけないんです……。犬は、一年で人間の七年相当の成長をするって言いますし、まだ幼いリクにとってこれからの二年は重要です。もし二年しか生きられなかったとしても、俺、その二年は、リクが生きる価値を感じられるくらい、充実した毎日にしてやりたいんです。……子供みたいなことを言ってるって思われるかもしれないけど……」

やはり、手塚は会えないまま亡くしてしまったリクと重ねているのだと、必死な訴えを聞きながら、亜希は確信していた。

別に、それ自体が悪いと思っているわけではない。

もっとも心配なのは、過去の後悔を重ねることによって、手塚が気負いすぎてしまうことだ。

手塚が抱えている、リクになにもしてやれなかったという思いは、おそらく亜希が思う以上に深い。

「手塚、くん……」

「亜希先生、俺、本気なんです。もちろん、亜希先生の手を借りなきゃできないこともたくさんありますけど……」

「わかり、ます……、けど……」

亜希が勢いに圧(お)されていると、佑真がふいに笑った。亜希たちは、同時に視線を向ける。

「いや、ごめんね。リクは幸せだなぁって思って。……そうそうないでしょ、リクにとってこんな恵まれた出会い。……病気になってしまった多くの保護犬は、こうはいかないから」

「佑真、さん……」

「だから、ありがたいなって思う。……でも、隼人くんは、もう少し考えてみて。環境のことだって、すぐにどうこうできるわけじゃないだろうし。俺だって、責任持って引き取った以上、あとはよろしく、ってわけにはいかないから」

「そうですよね……。わかりました」

「まぁ、いずれにしろ、手術やら治療やらで、当面、亜希先生のところで預かってもらうことになるから……、その間に家族ともしっかり相談しながら決めて」

「……はい」

不自然に開いたほんの少しの沈黙に、亜希は、小さな不安を覚えていた。

手塚が、勢いやその場の感情に流されて発言する人間ではないと、亜希はよく知っている。

だから、手塚の気持ちもやりたいことも、半分は、わかる。――ただ、今回に関しては、半分では少し足りない。

気になるのは、やはり、いつものような余裕が感じられない手塚の様子。

ひとつの命を、――しかも、病に冒された命を預かろうとしているのだから、それ相応の覚悟はあるだろう。けれど、そこには収まり切れない、深いなにかが感じられた。

「――じゃあ……、今日はひとまず帰るね。リクの治療のスケジュールは、亜希先生の判断に任せるよ。……リクをお願いします」

「は、はい……！　きちんと、計画して……、都度、お知らせ、します。……私が無理に、連れ帰ったので……、毎回、足を運ばなくても、大丈夫です、からね」

「ありがと。信用してるから大丈夫」

佑真はそう言うと、病院を後にした。

さくらいホテルを覗くと、慣れない検査にすっかり疲れたのか、リクは静かに眠っていた。

その姿にほっとし、亜希たちは待合室に戻りソファに腰を下ろす。

二人とも、しばらくなにも言わなかった。

亜希は、言いかけては止めと何度か繰り返しながら、小さく溜め息をつく。聞きたいことはたくさんあるはずなのに、上手く質問が浮かばなかった。

　すると、突如、手塚が口を開く。

「なんか、いろんなことを考えました。心は決まってるんですけど……、自分を肯定したり逆に呆れたり、命のこととか運命のこととか、発想が変なところまで飛躍しちゃって……」

「手塚、くん……」

「……少し、弱気なことを言ってもいいですか？　……今だけ」

　辛そうな目で見つめられ、亜希の心がきゅっと震えた。

　頷くと、手塚は額に手を当てる。

「今さらなに言ってんだって思うけど……、俺の決断で、命の運命がひとつ大きく変わっちゃうんだなってこと、急に考えてしまって。……良かれと思って決めたことでも、正しかったかどうかの答え合わせって、できないじゃないですか。心のどこかで、俺がどうこうするより、リクにとってもっといい選択肢があるかもって思うけど……、それでも自分でなんとかしたいって思いが強くて……」

　それは、まるで手塚が自分自身に問いかけているかのような吐露だった。

「リクを、……死んだリクを捜していたときにも、考えてたんです。うちで飼われていなかったら、もっといい人生を送れたのかもしれない、とか。……いや、そんなこと考えても不毛だってわかってるんですけど」

亜希はたまらない気持ちになって、手塚の手に触れる。

その葛藤や苦しみを、亜希はよく知っていた。獣医になるまでの過程で、何度も経験してきたことだ。

「……いくら、不毛でも……、考えてしまうのは、普通のこと、ですよ」

そう口にすると、手塚がふと顔を上げる。

「普通……？」

「……けど、私は……、たとえすべての選択肢の中での、一番じゃなくても、いいと思って、ます。手塚、くんは……、犬にとっての、二年は、重要だって……、充実した毎日に、してあげたいって、言いました、よね」

「……はい」

「……一番かどうかは、わから、なくても……、とっても、思いやりがある選択だと、思い、ました。少なくとも、間違っては、いないと。それで、十分では……、ないでしょうか」

張り詰めていた手塚の表情が、ふと緩んだ気がした。

手塚は、亜希の手をそっと握り返す。——そして。

「亜希先生は、怖いって思うことありますか……？　自分の選択が動物たちの運命を左右するかもしれないって、不安になったり……」

突然投げかけられた、問い。

けれど、その答えは、亜希にはとても簡単だった。

「ずっと、怖い、です。……でも、その覚悟は、とっくにできて、ます。……私は、医者です、から」

そうはっきり答えると、手塚は目を見開いた。

そして、かすかに微笑む。

「……なんか、敵わないかも」

「え……？」

「……いえ。やっぱかっこいいなって思って。……あと、お陰で少し肝が据わりました」

「あ、あの……」

戸惑う亜希を他所に、手塚はソファから立ち上がった。

その表情は、すっかりいつも通りだった。

「リクの手術、いつにする予定ですか……？」

「あ……、えっと、転移を考えて、早い方がいい、ので……。リクの様子次第で、明日の診察時間後に、しようかと。……助手が必要なので、優生くんにも、確認が必要、ですが……。……できれば、手術の前後は、手塚くん、にも……」

「もちろんです。……必ず来ます」

「大丈夫、ですか……？」

「それくらい大丈夫じゃなかったら、引き取りたいなんて言えませんよ」

亜希は頷いたものの、本音を言えば、少し気がかりだった。

そもそも最近の手塚は、ここにもほとんど顔を出せないくらいに多忙だったはずだ、と。

今は大切な時期だし、今後のことや研究にも支障が出るのではないかと、どうしても気になってしまう。

とはいえ、手術をするならば、リクが唯一気を許している手塚がいてくれると助かるのは事実だし、そもそも手塚自身に、来ないという選択肢はないだろう。

結局、亜希は不安の芽を心の隅に留めたまま、頷く。

そして、今はリクの手術のことを一番に考えようと、気持ちを切り替えた。

翌日、朝から優生に何度かリクのバイタルを確認してもらったけれど、リクは優生に対しても、緊張を解くことはなかった。

それどころか、なにかが起こることを肌で感じているのか、餌にもほとんど手を付けず、時折寂しそうに鳴き声を上げた。

午前の診察が終わった後、亜希が少し離れたところからリクの様子を窺うと、リクはケージの端っこで小さく丸まったまま、怯えた目で亜希を見つめていた。

もし声が聞けたなら、少しは不安を取り除いてあげられたかもしれないのに、と。リクの姿を見ていると、亜希はそう思わずにいられなかった。

動物たちと気持ちを交わすことができないまま行う治療は、とてももどかしく、苦しい。

救ってあげたいという亜希の気持ちが伝わらないことも、動物たちの恐怖を汲んであげられないことも。

けれど、その一方で、——普通は、こうなのだと。祖父をはじめ、獣医とはそれを理解した上で信念を貫かなければならないのだということも、理解していた。

とはいえ、リクの様子はあまりに不安だった。

夕方になってもそれは変わらず、いくら急を要するとはいえ、この状態では手術を見送った方がいいのかもしれないと延期も考えはじめた頃、——手塚が到着した。

手塚がケージに近寄った途端、リクはゆるゆると尻尾を振りながら、手塚へ近寄っていく。

「不思議ですね。……手塚さんにだけ、あんなに」

「うん。……手塚、くんは……、優しい、から」

「優しさなら、彼は亜希先生には敵いませんよ。……今回は、たまたま波長が合ったのでしょう」

優生にまで気を遣われ、亜希は苦笑いを浮かべた。

そして、手のひらを強く握り、気持ちを切り替える。

まさに今から手術をしようかという局面で、そんなことで傷付いているわけにはいかないと。

やがて、リクは手塚によってすっかり落ち着き、予定通り、手術をはじめることになった。

手塚はリクを処置室に運んでくれ、麻酔で眠るまで、傍に寄り添っていた。

そして、準備が整った、そのとき。

「あの……、立ち合うこと、できますか？」

手塚は、立ち合いを希望した。

薄々予想していた亜希は、手塚が望むならと、止める気はなかった。すると、優生が小さく溜め息をつく。

「……断脚手術の立ち合いは、通常は許可していません。一般の人にとって、見るに堪えないものだと思います。もし気分を悪くして倒れられたら――」

「いえ。手術の立ち合いの経験はありますし、俺だって研究者の端くれですから、倒れたりなんてしません。ちゃんと、全部見てたいんです。……もう、なにも見逃したくないんです」

最後のひと言は、亜希の胸に刺さった。

燻っていた不安が、徐々に膨らみはじめる。

この子は、あなたが亡くしたリクではない、と。そう言いかけて、亜希は口を噤んだ。

手塚の目には強い決意が、むしろ強すぎるくらいの決意が滲んでいたからだ。

亜希はどう声をかければいいかわからないまま、茫然と手塚を見つめる。――すると。

「……この子が、あなたが亡くしたリクとは別の命だと、きちんと理解しているなら別に構いませんよ。でも、もし自分が抱える後悔をこの子で晴らそうとしているなら、やめてあげてください。この子も迷惑だと思いますし」

優生が淡々とそう口にした。

「優生、くん……！」

優生も手塚の気持ちを見抜いていたのだと驚きながらも、手塚にかけた言葉があまりに辛辣（しんらつ）で、亜希は慌てて制した。

しかし、手塚は動揺することなく、優生を見つめた。

「……リクを思い出しているのは、確かです。でも、重ねてるわけじゃない。……責任持って引き取りたいって思ってます。全部ちゃんと見て、受け入れたいだけです。たとえリクにとっては迷惑だったとしても、俺は——」

「迷惑なんかじゃ、ないです……」

思わず大きな声を出してしまい、二人の視線が亜希に集中した。

言うべき言葉はまとまっていなかったけれど、手塚にそれ以上言わせるのは、亜希には耐えられなかった。

「……たとえ、重ねて、いても……、手塚くんが、自分を責めないなら……、いいと思い、ます……。それに、リクが手塚くんを、信用してる、のは……、手塚くんが、愛情をくれるから、です。たとえその愛情が、苦しい思い出や、後悔から生まれたものだと、しても……、それが、きちんと温かい、から……、リクは、手塚くんのことが、好きなん、ですよ……？」

手塚と優生が、同時に瞳を揺らす。

上手く伝えられているのか、亜希にはわからなかった。

すると、そのとき。優生がふいに、床に張られた印を指差す。

「……その印よりも奥にいてください。それが、立ち合いのルールです。……あなたが倒れても放置しますので、そのつもりでお願いします」

「あの……」

「さっきは言いすぎました。では、はじめましょう。これ以上時間を無駄にできませんから。……亜希先生、お願いします」

「……は、はい……」

どうやら、優生は納得してくれたらしい。もうすっかりいつも通りの様子で、機材や道具を確認している。

亜希が手塚に視線を向けると、手塚は小さく頷いた。

亜希は頷き返し、処置台の前に立つと、ゆっくりと深呼吸をする。

「——では、はじめ、ますね。……よろしくお願い、します」

そう口にした途端、心がスッと凪いだ。

手術をはじめる瞬間は、いつも心の中が極限までシンプルになり、深い集中に入る。

とても大きな手術に不安がないわけではなかったけれど、亜希は、祖父の助手をしていた頃から、腫瘍を取り除くための断脚手術を何度か経験したことがあった。

亜希は、何度もシミュレーションした通りに大腿骨を露出させると、筋肉組織を切断し、骨を関節から離断する。

ふと頭を過ったのは、優生が口にした、「一般の人にとって、見るに堪えない」という言葉。

けれど、手塚は亜希の心配を他所に、眉ひとつ動かさずに手術の光景を見つめていた。

そのあまりにまっすぐな視線に、なぜだか心がざわめく。

けれど、今は手塚のことを気にかけている場合ではなく、亜希は手を止めずに手術を続けた。

そして、断脚を終えて傷口を縫合し、――無事、手術は終了となった。

亜希たちは、麻酔で眠るリクをさくらいホテルに運ぶ。

その寝顔を見て、三人は同時にほっと息をついた。

「手術は、心配、ないです」

「……ご苦労様でした。……なんて言っていいかわからないけど……、亜希先生はすごいんだなって、改めて思いました」

「私じゃ、なくて……、リクが、とても頑張りました、から」

「傷口、しばらく痛むんですか……？」

「そう、ですね。……ですが、丸二日は、痛みを徹底的に、ケアします。とはいえ、これから、抗がん剤治療に入り、ますし……、リクにとっては、少し辛い治療かも、ですが……」

「はい。……だけど、これでよかったって思えるように、思い出をたくさん作ってあげるって決めたので」

やはり、手塚の目からは、少しの迷いも見付けられない。

それは、強くて頼もしい、いつも亜希を救ってくれる目だった。——けれど、どことなく、いつもとは少し違って見え、亜希は戸惑う。

その理由を知りたくてじっと見つめると、手塚は穏やかに笑った。

「……早速ですけど、今、動物を飼える物件を探していて」

「え？　……あの」

「リクを引き取るために、です。……ときどき、アパートの一階の部屋だけ小さな庭がついてる物件があるじゃないですか。あれなら、いつも外の空気が吸えるし、いいなって思って。……ただ、しばらくは大学にも連れて行きたいから、あまり遠いと困るんですよね。とはいえ、大学に近いってことは駅近なんで、ちょっと予算はオーバーしちゃうんですけど……、まぁ大学でのＴＡのバイト以外にも、なにか効率のいいバイトを探せばなんとか」

「まっ……、待って、ください！」

どんどん話を進めて行く手塚を、亜希は慌てて止めた。

まるで世間話でもするかのように淡々と口にしているけれど、それは、とても聞き流せる内容ではなかった。

これから大学でバイトをしながら博士課程に進む手塚は、それだけでも十分すぎる程の忙しさのはずだ。なのに、さらに引っ越しをし、リクを引き取り、バイトまで増やすなんて、あまりにも無謀に思えた。

「いくら、なんでも……、無茶、です！」

「大丈夫ですよ。リクのことは、なにがあっても優先させます」

「無理、です！　手塚、くんが……、倒れ、ます！」

「無理なんて言わないでください……。俺だって、適当に考えて言ってるわけじゃないんですから」

「そういう意味じゃ、なくて……！」

それは、手塚がリクを引き取りたいと言い出したときから、亜希の心の中にじわじわと広がっていた不安の正体が、形になった瞬間だった。

手塚は、明らかに、なにもかもを背負いすぎている。

しかし、手塚自身には、その自覚がまったくない。

おそらく、普段から要領がよく、なにをやらせても器用にこなす手塚だからこそ、こんな明らかなキャパオーバーすら気付けないのだろう。

亜希は言い知れない不安を覚え、手塚の腕をぎゅっと掴んだ。

「駄目、です……。考えなおし、ましょう……？」

「亜希先生……？」

「リクは、うちで保護、します……！　メロ、みたいに……！」

「……それは駄目ですよ。そんなことしたら、結局、俺の我儘(わがまま)で亜希先生の負担を増やすだけですから。亜希先生……、俺は別に、意地を張ってるわけじゃないんですよ……？」

「わかって、ますけど……！」

手塚の困った表情を見て、亜希は言葉に詰まる。今の手塚には、亜希の不安を理解してくれるような隙は見当たらなかった。

いっそ、手塚がやろうとしていることを、応援してあげればいいのかもしれないとい
う考えも過る。
けれど、どうしても、亜希にはそれができない。
「……そんなに信用ないですか？」
寂しげな口調に、胸が痛む。
「……そうじゃ、なくて」
亜希は、伝えるべき言葉を見付けることができないまま、ただ俯いた。
すると、手塚は亜希の手を強く握る。
「……とりあえず、リクの退院にはまだしばらくかかるでしょうし、どの道、物件を見
付けるまでさくらいホテルにお世話になりますから、それまでに、亜希先生を安心させ
られるよう俺もいろいろ考えてみますね」
「……」
まるで、子供をあやすかのような言い方に、亜希は自分のふがいなさを感じた。
もっとはっきりと伝えられていたなら、手塚の気持ちを変えることだってできたかも
しれないのに、と。
けれど、今の亜希には、どうすることもできなかった。

「じゃ、俺はこれから大学に行きますね」

「……今から、ですか？」

「はい。ちょっとやり残したことがあって。……あ、大丈夫ですよ、たいしたことないので」

「……」

手塚はそう言うと、荷物を抱えて立ち上がった。

見送るために外に出ると、辺りはもうすっかり暗く、冷え切った風が一気に体温を奪う。

「では、行ってきますね。……リクの様子、時間が空いたらちょくちょく見に来てもいいですか……？」

「……はい。……あ、では、これを……」

亜希はふと思いつき、ポケットからさくらいホテルの鍵を取り出すと、手塚に渡した。

手塚は驚き、亜希を見つめる。

「鍵……？」

「これは、さくらいホテルの、入り口専用、です。これは合鍵、なので……、よかったら」

「あの……、俺が持っててていいんですか？」

「はい。私の都合は、気にせず……、いつでもリクに、会いに来て、くださいね」

「……ありがとうございます」

合鍵を渡した理由は、ごく単純だった。

手塚のことだから、せっかくリクを訪ねて来たとしても、たとえば亜希が忙しくて連絡が取れなかったときは、おそらく外で待っているだろう。

けれど、この鍵があれば寒空の下で待たせることもなく、ちょとした合間でも自由にリクに会ってもらえる。

もちろん手塚を信用しているし、そもそもこの鍵で開くのはさくらいホテルの正面入り口のみ。

すると、手塚はまるで宝物を手にしたかのように、合鍵を大切そうにぎゅっと握った。

「そ、そんなに、喜んでもらえる、とは」

「嬉しいに決まってますよ、こんなの。……でも、入るときと帰るときはメールを入れますね」

「そんな……、大丈夫、ですよ。信用して、ますし……」

「いや、そういう意味だけじゃなくて。……さくらいホテルと処置室、繋がってるでしょ？　メールに気付いたときに、もし手が空いていたら顔を出してくれたら嬉しいなって。亜希先生に会えたら、疲れも吹き飛ぶと思うので。あ、もちろん亜希先生がまだ寝てそうな時間はメールを控えます」

「あ……、えっと……」

たちまち頬が熱くなり、亜希は俯く。

すると、手塚は笑いながら手を振った。

「じゃ、……亜希先生、リクをよろしくお願いします」

「もちろん、です……」

亜希は手塚を見送り、その後ろ姿が見えなくなると、小さく溜め息をつく。

心の中では、手塚からもらった温かい気持ちと、相変わらずの不安がせめぎ合っていた。

翌朝、亜希がさくらいホテルへ行くと、かすかに手塚の気配が残っているような気がした。

――大学の帰りに、寄ったの、かも……。

ふとそう思ってリクのケージを確認すると、中には、昨日はなかったはずの水色のボールが転がっていて、亜希はやはりと確信した。

まだ新しいツヤツヤしたボールから、手塚の愛情が伝わってくる。

「……手塚、くん……。ちゃんと、寝てる、かな……？」

つい零れるひとり言。

亜希はぐっすりと眠るリクをしばらく見つめてから、ケージを離れた。

「――ずいぶん、感情移入してしまったんでしょうね。……冷静じゃないとは言いませんが、手塚さんらしくないような気もします」

診察の準備をしながら優生に手塚のことを話すと、優生もまた、少し違和感を覚えているようだった。

「手塚、くん、らしくない……？」

「よくいえば、もっと上手く人に頼れるタイプだと思っていたので。……それはもう、憎たらしい程に」

「憎たら、しい……」

「いえ、すみません。……ともかく、亜希先生に気取られてしまうとなると、よほどですね」

「……」

「失礼ながら、亜希先生が昔から人の考えに疎いのは事実ですし、あなたのキャッチアップ能力は動物に全振りされていますから。そんな亜希先生が違和感を覚えたとなると、相当余裕を失っているのかもしれません」

なかなかの言われ様だが、優生の言葉には納得だった。

確かに、手塚はどこか余裕がない。

全力でリクに向き合い、なにもかもを抱え込み、すべて完璧にこなそうとしている。なんとか支えになりたいのに、今の手塚には、どうやって手を差し伸べていいのかすらわからない。

獣医としてはもちろん頼られているかもしれないけれど、亜希が支えたいのは、そこではなかった。

「――ただ」

「え？」

ふいに優生が口を開き、考え込んでいた亜希は我に返る。

見上げると、優生はふわりと優しい笑みを浮かべた。

「もしかすると、亜希先生のキャッチアップ能力の配分が少し変わっただけかもしれませんね。私が知らないうちに」

「えっ……と……」

「手塚さんはあまり人に内面を見せませんから。……にこにこしてらっしゃるぶん、逆に質(たち)が悪いんです。……そこに違和感を覚えたのなら、変わったのは亜希先生の方なのかもしれないと」

「私……？」

「ふと、思っただけです」

優生はそう言うけれど、亜希にはまったく自覚がなかった。

ただ、本当にそうだったらいいのに、と。手塚が負った傷が見えて、痛いところがわかって、苦しいところを包み込んであげられたらいいのにと、心から、そう思っていた。

しかし、たとえ人の気持ちを察することができるようになっても、ただ漠然と伝わってくる危うさを心配するだけでは、かえって苦しい。

動物たちの声を聞く力すら失ってしまった今の亜希には、優生の言葉をポジティブに受け入れる気持ちにはなれなかった。

「……では、そろそろリクの経過を診ましょうか。処置室に運びます。思ったよりも大人しくしてくれているので、鎮静剤は必要ないかもしれませんね」

「あ……、うん……。ありが、とう……」

いずれにしろ、手塚の支えになる方法として今の亜希に思い付くのは、リクをしっかりと治してやることしかない。

亜希は頷き、処置室へ入った。


リクの術後の経過は、とても順調だった。

もっとも注意すべき術後の二日間は問題なく経過し、リクもまた、痛みを訴えることはなかった。

亜希に対し、まだ心を許してくれているとは言い難いけれど、警戒は少しずつ緩んでいるし、餌をケージに入れても怯える様子はない。

手塚はといえば、頻繁に連絡は来るものの姿を見ることはなく、ただ、今朝方、「さくらいホテルに入りました」という報告が届いていた。

メールによると、さくらいホテルに入った時間は、深夜二時だという。

おそらく、普段なら研究室に泊まるくらい多忙なのに、リクを心配するあまり、抜けてきたのだろう。

亜希は、優生が帰ってしまった後の誰もいない待合室のソファに座って、手塚宛のメールにリクの経過を知らせる文面を作った。

なるべく心配させないようにといろいろ考えながら打つと、あっという間に長文になってしまい、何度も読み返しながら添削する。

そして、長い時間をかけて作ったメールをようやく送信し終えると、ふと手塚のことを思い浮かべた。

たった二日顔を見ていないだけなのに、亜希は、手塚のことが気がかりで仕方がなかった。

会っていても不安なのに、会わないと、寝ているのか、食べているのか、まともな生活を送っているのかと、心配がどんどん溜まっていく。

そのとき、――ふと、亜希が作った不格好なおにぎりを喜ぶ手塚の表情が頭に浮かんだ。

「そうだ、……おにぎり作ろう、かな」

亜希は勢いよく立ち上がり、二階に上がる。

ごく単純なことだけれど、それは亜希にとって、手塚が確実に喜んでくれると自信を持てる、唯一の方法だった。

亜希は冷凍していたご飯を温めると、大きなおにぎりを三つ作り、お弁当箱に入れてさくらいホテルに運ぶ。

そして、折り畳みテーブルに置き、「よかったら食べてください」という書き置きを残した。

メールで伝えておこうかとも思ったけれど、そんなことをすれば無理にでも来てしまう気がして、結局、やめた。

その日は、部屋に戻った後も、なんとなく気持ちがソワソワしてしまって、なかなか落ち着かなかった。

手塚が来るかどうかもわからないのに、おにぎりを見付けたときの表情を想像しただけで、鼓動が速くなる。

そして、翌朝。

亜希は目を覚ますと、ひとまずリクの様子を見るため、起きてすぐにさくらいホテルへ向かった。

寝起きのせいで、おにぎりを置いたことはすっかり忘れていたけれど、戸を開けるやいなや目に飛び込んで来た光景に、目を見開く。

昨日出しておいたテーブルの上には、おにぎりの代わりにチョコレートが置かれていた。

亜希はひとまずリクの様子を確認し、それから改めてテーブルを確認する。

すると、チョコレートの上に置かれた、二つ折りのメモ用紙が目に入った。

ドキドキしながらそれを開くと、そこには、几帳面な文字で書かれた「ごちそうさまでした」というひと言。

短いけれど、いかにも手塚らしい優しい文字から、気持ちが伝わってくるような気がした。

亜希の眠気は一気に吹き飛び、メモとチョコレートを大切に抱えて二階に駆けあがる。

二階に着くと同時に、スマホがメールの受信を知らせた。

慌ててスマホを手にすると、ディスプレイに表示されたのは、手塚の名前。

あまりに出来過ぎたタイミングに驚きながら、受信メールを確認すると、「おにぎりおいしかったです」というお礼と、「今日の夕方にちょっとだけ顔を出します」という報告。

手塚のことだから、きっと、そろそろ亜希が起きる時間だと予想して、メールをくれたのだろう。

ただ、ふと気になったのは、手塚は夜中にさくらいホテルに来ていたということ。それが何時頃なのかはわからないが、こんな朝一にメールが届いたということは、あまり寝ていない可能性が高い。

亜希は途端に心配になり、メールの返信に「ちゃんと寝ないと倒れますよ」と打ち込む。――けれど、少し迷ってから「あまり無理しないでくださいね」と文面を変え、送信を押した。

どちらも心配しているという気持ちは同じだが、前者は少し干渉しすぎているような気がしたからだ。

前に手塚からかけられた「そんなに信用ないですか」という問いが、頭を過っていた。心配することはやめられないけれど、メールだと、相手の反応を見ることができないぶん、慎重になってしまう。

いずれにしろ、手塚は今日の夕方に顔を出すと言っているのだから、伝えるとしてもそのときにしようと、亜希は思った。

亜希はスマホをテーブルに置き、壁にもたれて溜め息をつく。

誰かのことを思ったり、心配したりすることは、とても難しい。最近はとくに、そう思うことが増えた。

どこまで踏み込んでいいのか、ときどき、わからなくなる。

いつも手探りな上、正解不正解がはっきり出るわけでもなく、あの言葉は大丈夫だっただろうか、傷付けていないだろうかと、不安は解消されないまま、ひたすら積もる一方だ。

それは、人と深く関わりたいなんていう発想自体がなかった数年前の亜希には、確実になかった悩みだった。

ぼんやりと考えていると、ふいに、足元にメロが擦り寄ってくる。

亜希はメロを抱え上げ、ぎゅっと抱きしめた。

「……今は、メロの気持ちも、間違えてしまうの、かも……」

つい弱気な言葉を口にすると、メロは耳をぴんと立て、首をかしげた。まるで、亜希の言葉を少しでも聞き逃したくないと言わんばかりの必死さに、亜希は思わず笑い声を零す。

「どうして、かな。……メロの言葉は、今も、ちょっとだけ、聞こえてくるような気がする」

「にゃぁ」

「人のことは、いつも、わからないのにね」

もし、子供の頃からきちんと人に向き合っていたなら、手塚に対しても、もっと正しく気持ちを伝えられるのだろうかと、亜希はときどき考える。

過去のことを言ってもどうしようもないとわかっているけれど、上手くやれないもどかしさを覚えるたび、つい過去の自分に責任を負わせてしまいそうになる。

亜希はメロのお腹に顔を埋め、ゆっくり呼吸を繰り返す。

やがて、少し気持ちが落ち着くと、ようやく支度をはじめた。


その日、午前の診察が終わった頃に、佑真から電話があった。

佑真は、シェルターの人員不足でなかなか顔を出せないことを何度も謝りながら、リクの経過が順調だという報告をとても喜んでくれた。

「亜希先生に任せてよかったよ！　……てか、隼人くんが引き取りたいって言ってくれてることは一旦置いておいて、かかった治療費と当面の抗がん剤の費用も出すから、ちゃんと計算しておいてね」

「え！　い、いえ……！　リクは保護犬、ですから……、私にも協力させて、ください……！」

「入院やら診察やら散々負担をかけてるんだから、それ以上は無理。それに、まだリクはウチの子なんだから、そこは譲れないよ」

「で、ですが……！」

「……幸い、俺には収入があって恵まれた環境でやれているけど、そうはいかないシェルターだって多くあるだろうし、亜希先生はそっちに協力してあげてよ。……俺は適当な奴に見えるかもしれないけど、こういうときのお金はちゃんと用意してあるから」

「て、適当だ、なんて……！」

「必死に否定されると逆に怪しいんだけど」

「違っ……！」

結局、治療費に関して佑真は引かなかった。

亜希の祖父は保護動物の診察や治療を無償で引き受けていたし、亜希もそうしていきたいという思いがあったけれど、保護動物たちにかかる費用にキリがないのは確かだ。困窮する施設の方が圧倒的に多い中、健全に運営されているシェルターは明らかに少数派といえる。

亜希は佑真の申し出をありがたく受け入れることにし、治療を受けられない動物たちのために使おうと思った。

「……では、実費だけ、お願い、します……」

「うん！　そうしてくれると、今後もお願いしやすいよ。……あと、隼人くんのことも、亜希先生に任せるね。彼のこと好きだし、信用してるし、彼がどうしたいって言ってくれても、俺はいいから」

「あっ……、は、はい……」

底抜けに明るく見える佑真だが、そのときの言葉からは、まるで弟を想う兄のような優しさが伝わってきた。

「じゃ、また電話するね！　リクをよろしく！」

「はい！　……こちらも、また報告、します！」

電話を切った途端、急に辺りがしんと静まり返った気がして、亜希はしばらく茫然とした。

優生が、亜希にコーヒーのマグカップを差し出し、静かに笑う。

「電話の声、私にまで聞こえてきましたよ。とてもパワフルな方ですね」

「う、うん……。元気で、動物が、大好きで……、面白くて、……すごく、要領が、よくて。あと、多分……すごく、賢い」

「ずいぶん理解してらっしゃるんですね。……亜希先生が人のことを細かにおっしゃるのは珍しいので、驚きました」

「……そう、だっけ」

言われてみればそうかもしれないと、亜希はふと思う。

人にまったく興味を持てず、むしろ不可解なことだらけで、知ろうなんて発想すらなかった頃と比べると、今は少し違う。

たとえば手塚のことになると、大学で見かけたときのように、余計な干渉までしてしまいそうになる。

頭が追いついていないだけで、おそらく、自分の中にもいろいろな変化が起きているのだろう。それは、不思議でもあり、少し怖くもあった。

「それにしても、手塚さんはずいぶんお忙しそうですが、大丈夫ですか」

「あ……、うん……。どう、かな。……しっかり、してる、から……、平気だと、思ってる、けど……」

優生からふいに手塚の話題を振られ、マグカップを持つ手に力が入った。なんとなく、優生にはすべて見透かされている気がして、居たたまれない。

すると、いつもなら「そうですか」とあっさりと話題を替えるはずの優生が、珍しく言葉を続けた。

「そうでしょうか。ほとんどの男は、しっかりなんてしてませんよ。いくつになっても、実際は、人に見せている姿のせいぜい三十パーセント程です」

「え、三十、って……。でも、優生くんは、違う、でしょう……？」

「私なんて、ついこの間、醜態を晒したばかりじゃないですか。……まあ、キャバオーバーで苦しむのもまた経験でしょうが、亜希先生が心配する姿はもう見たくないですから。……重ね重ね、私が言うことではないですけど」

「優生、くん……」

変化したのは、どうやら自分だけではないらしいと、口数の多い優生を見ながら亜希は思う。

そして、改めて、手塚のことを考えた。優生の言葉のせいか、無性に心配が込み上げ、会いたくてたまらない。

その日は、いつもよりも時間が経つのが遅く感じられた。


手塚がやってきたのは、二十時過ぎ。

優生が帰宅した後、亜希がさくらいホテルでリクの世話をしていると、突如リクが尻尾をくるんと立て、その後すぐに手塚が顔を出した。

「遅くなりました……。……うわ、なんか、久しぶりな感じがする」

「手塚、くん……、リクが、手塚くんの気配に、気付いて、ましたよ」

「本当ですか？　……嬉しいな」

手塚は嬉しそうな笑みを浮かべ、リクの前に屈む。

亜希はその横顔を見ながら、確かに久しぶりな感じがすると、手塚の言葉に共感していた。

心配していたけれど、手塚の笑顔はいつも通りだった。ただ、少し痩せたように見える。

ふと、優生が話していた、男はそんなにしっかりしていないという言葉を思い出した。

「……あの、大丈夫、ですか？」

「え？　……俺ですか？　全然大丈夫ですよ。ってか、リクの経過もよさそうで、ほっとしました」

「あ……、はい……。通常、術後十日もあれば、退院、です。犬の多くは、一本断脚しても、とくに困ることなく走ったり、できますし……。リクも、きっと大丈夫、かと……」

「そっか。……でも、調べたんですけど、そのぶん逆の足に負担がかかるんですよね……？　実は俺、教授から、犬専用の義足を作っている知り合いを紹介してもらう約束をしているんです」

「義足、ですか……？」

かなり忙しいはずなのに、義足のことまで調べていたのかと、亜希は驚いた。

しかし、手塚は目を輝かせて頷く。

「はい。義足は高額ですが、仕事を手伝いながら勉強させてもらえるよう、教授が頼んでくれるらしくて。……ほんと、教授の人脈にはいつも驚かされます」

「あ、あの」

「いずれにしろ、リクって今の状態では採寸も難しいと思うので、もし俺が手伝えるんだったらその心配は減るなって」

「あの……！　本当に大丈夫、ですか……？」

思わず大きな声を出すと、手塚は少し驚いた表情を浮かべた。

「大丈夫って、なにがですか……？　あ、そうだ、すみません……、引っ越し先のことはまだ話が進んでないんだった。何軒か内見したんですけど、周囲が騒がしかったり遠すぎたり……」

「そうでは、なくて……、手塚、くん……、いくらなんでも、忙し、すぎませんか……？」

「俺ですか？　……いやいや、全然大丈夫ですよ。あ、そうだ。おにぎりありがとうございました。すごく嬉しかったです」

「……」

亜希には、手塚の隙を見付けることができなかった。

むしろ、リクのことを話す嬉しそうな目を見ていると、杞憂なのではないかとすら思えてくる。

じっと見つめていると、手塚はそっと亜希の頭に触れた。

「……大丈夫ですよ、リクのことは、きちんとした形で迎えます」

そんなことは少しも心配していないのにと、亜希は思う。

けれど、今の手塚になんと言えば響くのか、わからなかった。

ただ不安だと訴えるだけでは、どうにもならない。それがわかっているからこそ、言葉はなおさら出てこなかった。

結局、亜希は頷く。

「急ぐ必要、ないです。……リクの、主治医は、私、ですし……、傷が、治っても、しばらくは、経過を見たいので、預からせて、ください……。あと、他にも手伝えることが、あれば……」

「ありがとうございます。俺は本当に人にも環境にも恵まれてますね。……だけど、やっぱり我儘で終わらせたくないですし、佑真さんや亜希先生からも改めて刺激を受けて、今はいろいろ抱えたいんです。できるだけ早く環境を整えますから、信用してくださいね」

「……手塚、くん」

「やば……、そろそろ大学に戻らなきゃな。……では亜希先生、リクをよろしくお願いしますね」

手塚はそう言うと、慌ててさくらいホテルを後にした。

手塚が滞在したのは、ほんの二十分程。

亜希はしばらくさくらいホテルに立ち尽くし、重い溜め息をついた。

ほんの数日会わない間に、手塚はリクの義足の計画まで進めていたらしい。

佑真から刺激を受けたと言っていたけれど、確かに、手塚から感じられる並々ならないバイタリティは、佑真を思わせるものがあった。

ただ、口には出せないけれど、今の手塚からは、佑真にあるような安定感が感じられない。

子供の頃からシェルターに関わって来た佑真と経験値に差があるのは当然だが、それだけでは説明できない、不安定さある。

ただ、亜希にはそれを正しく伝えられることができない上、不安定な箇所に手を差し伸べる方法すらも、わからなかった。

膨らんでいくのは、いつか崩れてしまいそうな恐怖感。

亜希はリクを見つめ、二度目の溜め息をついた。

ケージの中から、リクが亜希をじっと見つめている。

リクは今もなお、手塚が傍にいるときのように気を許してはくれない。

「……リクには、手塚くんが、必要なのに……。だから、私が手塚くんを、守ってあげたい、のに」

ひとり言には、誰からの返事もない。

一番大変なのは自分じゃなく手塚なのだとわかっているけれど、亜希は、自分の無力さを悩まずにいられなかった。


それから、しばらく手塚と会うことはなかった。

さくらいホテルに来ていた形跡はあるものの、ほとんどが夜中で、朝になって事後報告が届いた。

接点は、さくらいホテルに用意したおにぎりと、メールのみ。

ただ、メールでの報告は相変わらずマメで、内容は、義足を作る技師に会うことができたとか、家の内見のスケジュールが合わないとか、ひたすら多忙を思わせるものだった。

一方、リクは術後一週間で抜糸し、さくらいホテルの中をちょこちょこと歩き回れるようになった。

最初こそ歩くのは辛そうだったけれど、すぐに慣れ、痛みを訴える様子もなく、いたって順調だった。

ただ、リクの様子は、どこか寂しげに見えた。

「手塚、くんに……、会いたい、よね」

話しかけると、リクはいつも、少し離れた場所からじっと亜希を見つめる。

もう怯えてはいないし、亜希が体に触れることを嫌がったりはしない。けれど、やはりリクにとっての一番は、手塚だった。

リクの寂しさを埋めてあげられないことは辛いけれど、これればかりはどうにもならない。

どんな動物でも無条件に心を開いてくれた、亜希にとっては当たり前の日常が、もはやずいぶん昔のことのように感じられた。

ただ、ここ最近、亜希の心にずっと居座り続けている寂しさの正体は、それればかりではない。

「……私も、会いたい、なぁ」

手塚に会えず寂しいのは自分も同じだと、リクを前にすると、まるで自分自身と向き合っているような気持ちになった。

術後二週間が経過した週末。診察時間後に亜希は佑真と連絡を取り、リクの今後について話した。

佑真には手塚からも何度か連絡があったらしく、動物を飼える物件探しの進捗を聞いたという。

「あんなに忙しそうなのに、リクを引き取りたいって気持ちはまったく揺らいでないみたいだし、なんだか只ならぬ愛情を感じちゃったわー。ありがたいことだけど、初対面であんな……、しかも、こう言っちゃなんだけど、病気で世話も大変な子なのにさ……、強烈に一目ぼれでもしたのかね？」

佑真は手塚の情熱に少し驚いていた。

それは無理もなく、佑真は手塚が動物行動学を学ぶことになるまでの経緯をよく知らない。

亜希は少し迷ったけれど、手塚の決断が衝動的なものだと解釈されてしまうのはよくない気がして、亡くなってしまったリクのことを少し話した。

「――と、いう、わけで……。重ねてしまって、いるぶん、愛情も深いのでは、ないかと……」

「あー、そういうこと。……まーそれなら、少し納得かなー……」

佑真の感想には、少し含みがある気がした。

亜希がなにも言えないでいると、それを察したのか佑真が笑う。

「いや、……なんか、幸せだよね、彼みたいな人に貰(もら)われる子はさ。愛情いっぱいに育ててくれそうで」

「はい……」

「でもなー、なんだろ。……自分を犠牲にしても厭わない、みたいなさ、ちょっとだけ危なっかしさを感じるんだよなぁ。それを口にも顔にも出さない人って、不安になるよね。……リクのことは安心して任せられるんだけど、隼人くんの精神状態は、彼がどんなに上手く取り繕っていてもぶっちゃけ信用できないっていうか」

「そう、ですね……」

佑真の言葉を聞いて、亜希は心の中に抱えていた不安の輪郭が少し見えたような気がした。

確かに、手塚は無理をしているなんて絶対に口にしないし、そんな素振りも一切見せない。

たとえ問い詰めたところで、返されるのはおそらく、いつもと変わらない笑顔だろう。

「どう、すれば……」

途端に不安になって、思わず声が揺れる。

すると、佑真は小さく笑い声を零した。

「ただ、それくらい真摯に命に向き合える人って尊敬するし、そういう姿勢を間違ってるなんて俺には言えないよ。……唯一下手くそだなって思うのは、周囲は専門家やら優秀な人間だらけなのに、やたらと自分だけで抱えるところかな。……いっそ馬鹿だよね」

「ば、馬鹿、なんてことは……」

「いやー、馬鹿だと思うなー。まぁ俺にもそういう時期があったけどね」

「……どうやって、考え方を変えたん、ですか……？」

「どうだろ。ただ、うちの場合は、俺が倒れたら保護してる子たちが一気に総崩れになっちゃうし、実際に父親が無理して亡くなってるから、嫌でも自覚せざるを得なかったってのもあるかもね。だから、ここ数年は自分の体も気遣ってるよ。検診にもちゃんと行ってるし」

やはり佑真は大人だと、亜希は思った。

自分の置かれた環境を、常に俯瞰で見て判断しているのだろう。話していると、それを痛感する。

現に、仕事をしながら六十頭の犬たちを飼育していても、佑真自身に危なっかしさはまったくない。

おそらく周囲の人間も、不安になるようなことはないのだろう。

ただ、だからといって、手塚を否定する気持ちにはなれなかった。

賢く、普段は冷静だけれど、ときどきそれをはるかに凌駕するくらいの勢いを持って動き出してしまうところは、決して短所ではないと亜希は思う。

矛盾していることは、もちろんわかっているけれど。

「ま、隼人くんもそのうちなにかにぶち当たって、いい塩梅のところに落ち着くんじゃないかな？　それもいいと思うよ。先に限界だけ設定しても、キャパが狭くなる一方だし」

「キャパ、ですか……」

「たまーに、体で覚えなきゃわかんないときがあるんだよ。……大切なことなら、なおさら」

「体で、覚える……」

「ま、どーなっても隼人くんには亜希先生がいるから、べつに大丈夫」

わかるようで、わからない。

亜希は電話を切った後も、佑真の言葉を頭の中で何度も繰り返していた。

──動物のことなら、少しは、わかるのに……。

人とは複雑だと、最近はとくに思う。

もっと知りたいと、理解したいと思えば思う程、たちまち迷路に迷い込んだような感覚に陥ってしまう。

亜希は待合室に座ったまま、しばらくぼんやりと考えを巡らせた。

けれど、──結局、混沌とした頭の中がまとまることはなかった。


唐突な変化が訪れたのは、──翌朝のこと。

その日は土曜日で、休診。なのに、亜希はいつもよりずいぶん早い時間に目を覚ました。

すぐ傍では、メロが丸まって、規則的にお腹を上下させている。

その微笑ましい姿を見ながら、もう少し寝ようかとも考えたけれど、逆に奇妙なくらいに眠気がない。

なぜだか、胸騒ぎを覚えた。

亜希は体を起こし、薄目を開けるメロを撫でて寝かしつけ、カーディガンを羽織ると一階に下りる。

最近の気がかりはもっぱらリクのことだし、リクが眠る姿を見れば気持ちが落ち着くかもしれないと思ったからだ。

そして、診察室を通って処置室へ足を踏み入れた瞬間、亜希は違和感を覚えてふと立ち止まった。

違和感の正体は、さくらいホテルに続く戸のかすかな隙間から漏れる、かすかな灯り。

——手塚、くん……?

時計を確認すると、時刻は五時前。

亜希は途端に不安を覚え、さくらいホテルに続く戸を開けた——そのとき。

「手塚、くん……！」

視界に入ったのは、床に横たわる手塚の姿。亜希は頭が真っ白になり、慌てて駆け寄りその頬に触れた。

「熱い……。すごい熱……」

手塚はぐったりとしていて、目を覚ます気配はない。

亜希は近くに転がっていた手塚のリュックを手繰り寄せて手塚の頭の下に敷き、ひとまず立ち上がると、無我夢中で二階へ戻った。

そして、ペットボトルの水をポケットに差し込み、毛布を抱えて部屋を出る。すると、メロが不安げに亜希の後を追った。

「メロも、来て……！」

声をかけると、メロは先にするりと階段を下り、まるでなにが起きたのかを知っているかのようにさくらいホテルへ向かう。

亜希はさくらいホテルへ駆け込むと、手塚の体を毛布で包み、それから処置室の冷蔵庫から保冷剤を取り出して、タオルに包んで手塚の額に当てた。

「手塚、くん……」

声をかけると、うっすらと目が開いた。ただ、熱のせいか、あまり焦点が定まっていない。

「……あれ……？　俺……」

「気が付き、ましたか……！」

「あの……、ここって」

「さくらいホテル、です……。あの、少しだけ移動、できますか……？」

「えっと……」

手塚は亜希の言葉を理解するのに、時間がかかっているようだった。しかし、しばらくぼんやりした後で、重そうに上半身を起こす。

「そっか、俺、倒れたのか……。すみません……」

「あの、ここは寒い、ので、場所を……！」

「帰ります。ほんと、迷惑かけて――」

「いいから！　言う通りに！」

つい大声を出してしまった亜希に、手塚は驚き目を丸くしていた。リクも、ピクっと耳を立てる。

しんと静まり返ったさくらいホテルで、メロがにゃぁと鳴き声を上げ、手塚の膝に前脚を乗せた。

「……言う、通りに……、してもらい、ます」

「……はい」

正直、大声を出したことに一番驚いたのは、亜希自身だった。

けれど、そのときの亜希はいっぱいいっぱいで謝る余裕なんてなく、手塚に肩を貸して立ち上がらせると、さくらいホテルを出る。

そして、ヨロヨロしながらもなんとか二階へ上がり、手塚を自分のベッドに寝かせた。

「あ、あの……」

「薬、持ってきます」

「亜希先生、俺……」

「帰らせ、ませんよ……絶対。薬を、飲んだら……、病院が開くまで、寝てもらい、ます」

「……は、はい」

手塚が頷くと、亜希は薬を取りに行き、手塚に飲ませた。

熱を計ると、三十九度一分。思ったよりも高く、亜希は氷枕を用意して、手塚の頭の下に敷く。

さっきまでは戸惑っていた手塚も、ようやく状況を把握したのか、なにも言わずに大人しく亜希に従っていた。

「苦しい、ですか……?」

声をかけると、手塚は首を横に振る。

「いいえ、……情けないです。ほんと、それだけ」

「……私に、頼ることが、ですか?」

なぜそんなことを口にしたのか、亜希にはわからなかった。

相手は病人だとわかっているのに、まるでずっと押し込めていたものが溢れるかのように、止められなかった。

「……無理、するから、ですよ。……寝てないこと、だって……、全部、バレてます、から」

「亜希先生……、俺は……、迷惑をかけたくなくて」

「私が頼りない、なら……、むしろ、弱音も吐けずに、限界を迎えられる、くらい、なら……、手塚くんの傍に、いるべきなのは、私じゃな――」

勢いで言いかけた言葉は、ふいに手塚に手を握られて止まった。

熱い体温が、手を伝って全身に流れ込んでくるような感覚を覚える。

「……それは、困ります」

熱っぽい目で見つめられ、なぜだか、涙が込み上げてきた。――そして。

「……なんでも言うこと聞きますから、……その続きだけは、口にしないで」

手塚はそう言うと、切なげに目を細めた。

亜希は頷き、手を握り返す。

「……大人しく、寝て、くれますか」

「はい」

「……起きたら、病院、行ってくれますか」

「……はい。……亜希先生の脅迫は、威力がありすぎる」

「強迫、なんて……」

手塚は小さく笑うと、ゆっくりと目を閉じた。

握られた手から次第に力が抜けていき、亜希は手塚の髪をそっと撫でる。

──手塚くんの傍にいるべきなのは、私じゃない、なんて……。

さっき言いかけた言葉を頭の中で繰り返すと、思わず溜め息が零れた。自分こそ、今さら離れることなんてできないくせに、と。

やがて、メロがベッドに上がり、手塚の顔の近くでころんと丸くなる。ゴロゴロと嬉しそうに喉を鳴らす音が、静かな部屋に響いた。

考えてみれば、メロも手塚に会うのは久しぶりだと、ふと思う。

満足そうに目を細めるメロに触発されて、亜希は繋がった手に額を寄せた。

なんともいえない安心感が、心の中を満たしていく。亜希は、その心地よさに誘われるまま、ゆっくりと目を閉じた。

目を覚ましたのは、八時過ぎ。

包まれた右手にきゅっと力が込められ、ゆっくりと目を開けると、目の前には手塚の笑顔があった。

一気に頭が覚醒し、ガバッと顔を上げると、手塚の笑い声が響く。

「ベッド占領しちゃってすみません。……そんな態勢で、体が痛くならなかったですか?」

「え……? あ……、えっと……」

ずいぶん時間をかけ、亜希は、いつの間にか眠ってしまっていたらしいと状況を把握した。

途端に、記憶が一気に呼び覚まされる。

「あっ……! ね、熱……! 大丈夫、ですか……!」

「さっき測ったら、ずいぶん下がってました。多分、ちょっと疲れてただけだと思います」

そう聞いて、亜希は半ば無意識に手塚の額に触れる。

すると、確かにさくらいホテルで触れたときのような熱は感じられず、ほっと息をついた。

「あ、あの……、亜希先生……」

戸惑う手塚を見て、亜希はハッと我に返る。弾かれるように手を引っ込めると、手塚は困ったように笑った。

「熱は下がったけど、病院行かなきゃもう傍にいてくれないんでしたっけ」

「え……？　あ、えっと……」

「言うこと聞きますよ。約束したので」

少しいたずらっぽい言い回しに、亜希は朝方の応酬を思い出し、居たたまれない気持ちになった。

けれど、今も、そう言ったときの気持ちに変わりはない。

「……あれは、嘘じゃない、です。病院に、行ってくれない、なら……、もう会いません」

改めてそう口にすると、ふいに手塚の瞳が揺れる。

「心配かけてすみませんでした。……ほんと、ちょっと気が緩んだ瞬間にクラッとしちゃって……全然たいしたことないんです」

「クラッとして、倒れるのは……、十分、たいしたこと、ですよ」

「亜希先生……」

「……手塚、くんは……、たくさんの動物たちを……メロを、リクを、救ってきたかも、しれませんが……、自分のことを、無下にしすぎ、です」

病人を責めるなんてと思いながらも、どうしても、止められなかった。

亜希が見つめると、手塚は戸惑ったような表情を浮かべる。

「動物の命の、ことです、から……、無茶する気持ち、わかり、ます。……けど……、そんなに、なにもかも……、一人でやらなきゃ、駄目、ですか……？　手塚、くんが、倒れたら……、なにもかも、駄目になっちゃうん、ですよ……？　いつ寝てるかも、わからないし、家探しやら、バイトやら、義足やら、研究やら……、どれだけ、抱え込んで……。あんなに、何度も言った、のに……」

そこまで言ってから、亜希はようやく自覚していた。自分は、もうずっと前から手塚に腹を立てていたのだと。

誰かに対して怒るなんて、経験があまりに少なすぎる亜希には、判明したところで不思議な気持ちが拭えなかった。

手塚はしばらくポカンとしていたけれど、やがて、申し訳なさそうに亜希を見つめる。

「ごめんなさい。反省してます……、すごく」

「……許さない、です」

「え……？」

「知りま、せん。……ごはん、作ってきます」

「え……？　ご、ごはん……？」

亜希が頷き立ち上がると、手塚はふたたびポカンとした表情を浮かべる。そして、突如、堪えられないとばかりに笑った。

亜希が首をかしげると、手塚は手で口を覆いながら、首を横に振る。

「すみません……、知りませんって言いながらも、ごはんを作ってくれるんだなって……」

「当たり前、です！　……私は、拾った命を無下にしません、ので！」

「拾っ……」

「笑わないで、ください……！」

怒り慣れない亜希には、怒り方がよくわからない。

恥ずかしくなってつい声を荒らげると、手塚は不思議と嬉しそうな笑みを浮かべ、亜希に手招きをした。

「亜希先生、ちょっとだけ」

「なん、ですか……」

「五分でいいから傍にいてください。……お願い」

「っ……」

甘えたような声に、心臓が大きな鼓動を打ちはじめる。

それでも、強い引力に操られるかのように、亜希にはなぜだか抵抗することができなかった。

ベッドの脇に座ると、手塚が布団の中から手を伸ばす。

「手、貸してください」

「……私、まだ怒ってます、から」

「うん。わかってます。結構、効いてます」

「……嘘、ばっかり」

亜希を探して伸ばされた手にそっと触れると、ぎゅっとからめとられて、たちまち頬が熱を持った。

「本当に。……少し、目が覚めました。というか、あまり自覚してなかったのかも。一人で全部抱え込んでるなんて」

「いくらなんでも、鈍すぎ、では……」

「……今日は、手厳しいですね」

手塚はまだ少し熱があるのだろう。話しているうちに、手塚の目は次第にとろんとしはじめ、亜希は握った手を布団の中に戻す。

やがて手塚は目を閉じ、規則的な寝息を立てはじめた。

亜希はほっと溜め息をつき、お粥を作ろうとキッチンへ向かう。

手塚が珍しく弱っているところを見てしまったせいか、亜希の頬の熱も、なかなか冷めなかった。

振り返ると、メロに寄り添われて眠る手塚の姿が見える。

「……目が覚めた、なんて……、全然、信じられない」

ひとり言で文句を言っても、心に広がっている感情は一向に収まってくれない。

ただ、それが怒りなのか、――そうではないのか、亜希にはよくわからなかった。


手塚がふたたび目を覚ましたのは、十一時前。

突如、ガバッと上半身を起こした手塚に亜希はビクッと肩を震わせ、けれど、すぐにその両肩を布団に押さえつけた。

「学校は、駄目、ですよ。……家探し、とかも……、全部駄目、です」

「あ……。……えっと……、そっか。ここ、亜希先生の……」

手塚は少し混乱していたけれど、すぐにベッドに脱力する。

「リクは、元気、です。スマホも、鳴ってなかった、です。……あと、病院、土曜に診察してもらえる、ところ……、調べ、ました」

「……ずいぶん信用ないですね、俺」

亜希がはっきりと頷くと、手塚は可笑しそうに笑う。その顔には、すっかり血色が戻っていた。

「食事を、持って、きますね。少し待っていてくださ――」

そのとき、――ふいに手首を掴まれ、言いかけた言葉が途切れる。

驚いて手塚を見た瞬間、向けられたまっすぐな視線に思わず息を呑んだ。

「あの……」

「俺、いろいろ考えました。……亜希先生が怒る程の心配をかけて、本当に駄目だなって思ったんです。……だから、ちゃんとします。今俺が抱えてることは、バイトや家探しでどうにかなるような問題じゃないって、ちゃんと気付いたので」

「それ、って……」

「……まだなにもしてないので、言えませんけど……。ちょっとだけ、待ってください」

「……」

「信用してくれないんでしたっけ……？」

その、まるで子犬のような嘘のない目を向けられ、亜希の心がぎゅっと締め付けられる。

同時に、不安や寂しさや名前の付けられない感情で混沌としていた心が、スッと晴れたような心地がした。

「……私は……」

「はい」

「……手塚くんが、考えてる、こと……、もっと知りたいと、思い、ました。……どんどん、見えないところに、行ってしまう気が、して」

「亜希先生……」

「……怒ってるって、言いました、けど……、もしか、したら……」

握られた手首に、かすかに力が込められる。

「もしか、したら、――ただ、寂しかっただけ、かも」

その瞬間、手首を引かれて、いつもよりも少し高い体温に包まれた。

突然のことに動揺し、たちまち鼓動が速くなる。

けれど、その一方で、久しぶりの香りと心地よさに酔ってしまいそうな感覚を覚えていた。

「……だったら､話します。……上手くいくかわかんないし､正直ちょっとびびっちゃって、まだ言えないって思ってたけど……、話しますね、全部。……俺ね、実家に行って、父と話そうかなって思ったんです」

「え……?」

「まあ、正直あまりいい想像はできませんけど……、まずはリクのこと、両親に相談して、協力してもらえないか頼んでみます。実家には庭があるし、母はだいたい家にいるので、任せられますから。それには、まず大学のことやら進路のことを父にきちんと話さないといけないと思ってるんですが……、もし両親が協力してくれるなら、当面は無理にバイトを増やす必要もなくなりますし」

「手塚、くん……」

「義足のことは、教授にも相談しながら、焦らずにやります。亜希先生も協力してください。……なんか俺、頼れるところに頼ってみようかなって。……亜希先生にキレられて、ようやくそう思いました」

「キレて、なんて」

「キレてたでしょ」

少し体を離して手塚を見上げると、その表情はずいぶん穏やかだった。

ほっとした瞬間、思わず目の奥がじわりと熱くなる。

「……これからは、もっとちゃんと話しますね。……シェルターを運営する佑真さんや、手際よく手術をする亜希先生を見ていたら、自分が未熟なことに気付いてしまって、……少し、焦ってたんだと思います」

「……」

「まだ疑ってます？」

「……はい」

「……駄目か」

強がっていないと、なんだか泣いてしまいそうだった。手塚は笑いながら、亜希をもう一度抱きしめる。

亜希はその腕の中で、人の心の中も動物たちのように知れたらいいのにと願った、幼い頃のことを思い浮かべていた。

その方法は、やはり、言葉を交わす以外にないのだろう。それは、わかっていても決して簡単ではない。

昔の自分にできなかったはずだと、亜希は今さら納得していた。

「……ごはん、食べたら……、病院、ですよ」

「わかってますって……」

「……子供じゃないんで、それはさすがに」

「……」

「わ、わかりました、お願いします……。ってか、今日はほんと、強いですね……圧が」

……」

「……これからは、私も、言おうかなと。……きっと、本当に言葉が足りない、のは……、私の方、なので」

「え？」

「……なんでも、ないです」

手塚は不思議そうにしていたけれど、それ以上は聞かなかった。

亜希は手塚の腕の中で、ゆっくりと呼吸を繰り返す。

これから、手塚の抱えているものが減るのかどうかは、まだわからない。ただ、人を頼るという言葉を聞けただけで、亜希は少し安心していた。

そして、——もし自分が頼られたときは、なんでもしてあげようと、密かに誓っていた。

手塚が熱を出した翌週の、木曜日。

亜希は昼休みに、リクとはじめての散歩に出ていた。

リクが疲れたときのために一応犬用カートを引いてきたけれど、リクは三本の脚で器用に歩きながら、久しぶりの外を楽しんでいるようだった。

「こ、怖い、かな……？　大丈夫……？」

ただ、亜希とリクとの関係には、まだ少し壁がある。リクの機嫌を窺いながらの散歩は、少しぎこちなかった。

「あ、そうだ……！　手塚、くんの、学校の方に……、行ってみる……？」

思いつきでそう口にすると、リクの耳が嬉しそうにピクッと反応する。

やはり手塚の名前には異様に敏感だと、亜希は苦笑いを浮かべ、大学へと方向を変えた。

大学に着くと、前に来たときのように、手塚の研究棟が見える辺りまで歩いてみたけれど、残念ながら人影はなかった。

そう都合よく会えるはずがないと思いながらも、心のどこかで期待していたらしいと、亜希は肩を落とす。

というのも、あれ以来、亜希は手塚の顔を見ていなかった。

無理しないという言葉を疑うわけではないけれど、今のところは以前となんら変化がなく、ふとした瞬間に、また倒れてしまうのではないかという不安が込み上げてくる。

——信用、してあげ、ないと……。

亜希は首を横に振り、くるりと踵を返した。

「リク……、病院に、戻ろう」

けれど、歩きだした瞬間、ふいに、「せめて近くにいるときくらいは連絡ください」という手塚の言葉が頭を過る。

亜希は立ち止まり、ポケットからスマホを取り出した。

「……送って、みよう、かな」

ちらりとリクを見ると、リクの潤んだ視線が、まるで急かしているように感じられた。

都合のいい解釈だと思いながらも、亜希はそれを言い訳に、「今、リクと大学の近くを散歩しています」とひと言メールを送り、スマホをポケットに突っ込んだ——瞬間。

「亜希先生！」

突如、頭上から響く、聞き慣れた声。

驚いて顔を上げると、研究棟の三階から手を振る手塚の顔が見えた。

「て、手塚、くん……」

たった今メールを送ったばかりなのにと、亜希は驚きポカンと見上げる。

すると、手塚は手のひらを亜希に向け、少し待っていてというジェスチャーをして、姿を消した。

ふとリクを見ると、ゆるゆると尻尾を振っている。

「……会えそう、だね」

そう言うと、リクはぴんと耳を立てた。

やがて、手塚は間もなく研究棟の入り口から姿を現し、通用口から敷地の外へと出てきた。

「来てたんですね！　リク、ここまで歩いたんですか？　すごいな……！」

手塚がリクの頭をぐりぐりと撫でると、リクは嬉しそうにその手を舐める。

「忙しい、かなって、思ったんです、けど……」

「いえ……、連絡くれるって約束、守ってくれてありがとうございます。ってか、俺もそろそろ会いたかったんです。近況報告とか……、あと、お願いしたいことがあって」

「お願い、ですか……？」

「はい。……折り入って」

あまりに真剣な視線に、亜希の心臓が鼓動を速める。

すると、手塚は少し困ったように苦笑いを浮かべた。

「実は……、あれから一度、実家に行きまして、父にも会ったんです」

「え……、そうなん、ですか……？　それで……」

「……正直に言えば、聞く耳を持ってくれず、平行線だったんですけど……、唯一、父が食いついたのがリクの話題で……。ま、怒られたんですけどね。そもそも半人前が動物飼うなって」

「そ、そんな……！」

「いいんです。そう言われて当然ですから。……でも、気まぐれじゃないってこと、わかってほしくて。次は、リクを連れて行ってみようかなと……」

「リクを……、お父さんに、会わせるんですか……？」

「はい。……あの人、なんだかんだで動物好きなんで。……会えばほだされるんじゃないかっていう卑怯な作戦を立てたんです」

亜希は、ふと不安を覚えた。

なぜなら、リクは今後も治療を続けなければならないし、会わせてしまえば余計に心配が増すのではないかと思ったからだ。

「で、ですが……」

しかし、言い淀む亜希を他所に、手塚はにっこりと笑った。

「で……、あの、亜希先生……、一緒に来てもらえませんか……？」

途端に、亜希の頭が真っ白になる。

「え……？」

「俺の実家に。……つまり、二回戦に」

「ええっ……？」

「お願いします」

「わ、私が行ったら、混乱、させてしまうの、では……！」

「いや……、喜ぶんじゃないかと……」

「はっ……？」

亜希には、手塚の言葉の意味がよくわからなかった。

けれど、混乱の最中、もしかして手塚は心細いのではないかとふと思った。

いずれにしろ、こんなにまっすぐに頼まれてしまえば、亜希に断ることなんてできない。

ぎこちなく首を縦に振ると、手塚は嬉しそうに笑った。

「よかった……！　じゃあ、今週の土曜日に！」

「え！　あ、明後日……！」

「はい！　よろしくお願いしますね！　……じゃ、俺そろそろ戻ります。リク、またね！」

元気よく去っていく手塚の後ろ姿を見送りながら、亜希はただただ茫然と立ち尽くす。

リクを会わせるという案はひとまず置いておいても、手塚の進路に大反対しているという父親に会うなんて、正直、緊張せずにいられなかった。

病院に向かって歩きながら、自分なんかが行って追い返されたりしないだろうかと、不安ばかりが募る。

そして、そんな亜希に追い打ちをかけたのは、午後の診察前に、大学でのことを報告した亜希に優生が放った、ひと言。

「……翻弄させる作戦でしょうか。……ご両親に、愛犬と恋人を同時に紹介するなんて」

「こ……」

「いびと。……ですよね？」

「……」

固まってしまった亜希を見ながら、優生は肩をすくめる。

「違いましたか？　……ああ、表向きはまだその体(てい)ではない、というところでしょうか」

「あ、あの」

「手塚さんって、意外とグズグズしてらっしゃるんですね」

どんどん意味不明な方へ向かっていく優生に、亜希はなにも言えなかった。

ただ、恋人なのかと聞かれると、肯定はできない。

しかし、だとすると、いったいどういう関係なのか、当てはまる言葉が思いつかない。

茫然とする亜希に、優生が突如、真剣な表情を浮かべた。

「よくわかりませんが、どういう紹介されてもいいように、いろいろなパターンを考えておいた方がいいのでは」

「え、で、でも……、私は、ただの付き添い、だから……」

「亜希先生がどう思っていても、女性を連れて帰ればご両親は勘繰りますよ。それに、亜希先生といらっしゃるときの手塚さんは、なんだか甘ったるいですから」

「……そんな、ことは」

ないとハッキリ言えなかった理由は、熱を出したときの手塚の様子を思い出したからだ。

あのときの手塚には、甘いという言葉がやけにしっくりくる。

ただでさえ緊張していたのに、亜希は徐々に胃の痛みを覚え、ソファの上で膝を抱えた。

優生は、やれやれと溜め息をつく。

「まあ、遅かれ早かれ落ち着くべき形はもう決まっているんでしょう？　あまり悩む必要はないかと」

悩ませたのは優生なのにと、亜希が向けた恨みがましい視線は、サラリと流されてしまった。

思えば、大学で偶然手塚の母の姿を見たとき、いずれ会うことになるなんて、亜希は考えもしなかった。

普通に考えれば、手塚はこれまでにたくさんの知り合いを紹介してくれたし、あり得なくないはずなのに、改めて考えると妙に緊張してしまう。

ただ、いずれにしろ、経験値のない亜希が考えたところで、混乱を鎮める方法なんて思いつくはずがなかった。

――優生くんの言葉は、一旦、忘れよう……。

結局、亜希は〝リクの主治医〟という肩書きに縋（すが）るようにして、迫る緊張をやり過ごした。

そして、ついにやってきた土曜日。

手塚は昼過ぎに、亜希を迎えに来た。

手塚がリクにリードに繋ぐと、リクは嬉しそうに尻尾を振り、見たことがないくらいにはしゃいでいた。

「犬の回復力って、本当にすごいですよね……。断脚した犬には何度か会ったことはありますけど、皆、驚く程普通に歩いてましたし」

「もちろん、他の脚に、負担はかかり、ますが……、確かに、上手に歩く子が、多いですね」

「落ち着いたら義足の技師を紹介してもらえることになってるので、……一緒に行きましょうね」

「あ……、は、はい……」

返事をしながら、亜希は、数日前に優生のひと言を機に抱えた混乱を思い出していた。

考えてみれば、手塚はこうして自分の世界にあっさりと亜希を招き入れる。

後輩や、叔父家族や、教授。そして今回は、両親。

これまではあまり気にする余裕もなかったけれど、それは普通のことなのだろうかと、る。
ただ、人懐っこい手塚のことだから、とくに意識していない可能性は十分に考えられ
ふと思った。
「亜希先生……？」
「あっ……、いえ」
名を呼ばれて我に返り、亜希は気持ちを落ち着かせるため深呼吸をした。
けれど、何度繰り返しても、みるみる込み上げる緊張が、たちまちそれを台無しにし
てしまう。
結局、ロクに覚悟ができないまま、手塚の家へ着いてしまった。
手塚の家は、三鷹(みたか)駅に近い、庭のある二階建ての一軒家。
緊張はみるみる高まるけれど、その一方で、手塚はここで育ったのかと、心の中に不
思議な感情が生まれていた。
「ここです。……どうぞ」
手塚は門を開け、亜希を中へと促す。
そして、亜希がおそるおそる足を踏み入れた、そのとき。
「隼人おかえりなさい！　あら……、あなたが亜希先生？　若いのに立派に獣医をな

さっているとか。凄いわね、本当に。朝からソワソワしながら待ってたのよ」

現れたのは、いつか大学で見た手塚の母親。

玄関から顔を出すやいなや、すごい勢いで話しかけられ、亜希はすっかり固まってしまった。

「あっ……、あの、桜井、亜希、です……。え、っと……しゅ、主治……」

用意していた自己紹介は、あまりの勢いに頭から吹き飛んでしまっていた。目を泳がせる亜希を見かねて、手塚は慌てて母親を引きはがす。

「母さん……、びっくりしてるから、やめてよ」

「あ……、ごめんなさいね。つい嬉しくなっちゃって」

「い、いえ……！」

「改めまして、隼人の母です。ついはしゃいじゃって、ごめんなさいね。女性が一緒だって聞いて、嬉しくて」

「じょ、女性というか、私は……」

「ってか、父さんは……？」

「もちろん、いるわよ。朝から全然喋らなくて息が詰まりそうだから、早くなんとかしてちょうだい。……あら、この子がリク？」

手塚の母親はリクに気付くと姿勢を落とし、少しだけ距離を空けて、視線を合わせる。

この人は、とても犬の扱いに慣れている、と。

そのほんの些細な仕草で、亜希は察した。

「犬が、お好き、なんですか……?」

「ええ、動物はみんな好きだけど、犬が一番好きよ。……さぞかし痛かったでしょうけど、歩けるようになってあなたは幸せね」

その優しい声を聞いていると、ふいに、亜希の胸がぎゅっと締め付けられた。

脚を失った犬を見ると、可哀想にと声をかける人の方が圧倒的に多い。なのに、手塚の母親は、なんの躊躇いもなく幸せだと表現した。

それはおそらく、リクがこうしてここに来るに至るまでの、手塚の決断すべてひっくるめて信用しているという証明のように思えた。

そして、リクもまた、怯えることなく手塚の母親を見つめていた。

やがて、手塚はリクを抱きかかえ、玄関へ向かう。

「外で騒いだら近所迷惑でしょ……。亜希先生、中にどうぞ」

「あっ……、はい……、お邪魔、します」

ふたたび込み上げる緊張を必死に抑えながら、亜希は玄関に上がった。

手塚は躊躇うことなく廊下を突き進むと、奥の戸を開ける。――そして。

「父さん」

手塚が声をかけた瞬間、ソファに座る手塚の父親が、ゆっくりと振り返った。

「……隼人か」

その、眉間に皺を寄せた表情を見て、亜希は思わず息を呑んだ。

そして、手塚が進路を反対され、結果、理解されることはなかったという話を思い出した。

厳しい人であることは、その見た目から滲み出ている。

ここで言い争いがはじまってしまったらどうしようと、亜希の緊張は頂点まで達していた。

しかし、手塚はいつも通りに落ち着いた様子で、リクを抱えたまま、父親の前に立つ。

「この子がリク。……で、この人が、桜井亜希さん。獣医さんで、リクの手術をしてくれたんだ」

「あっ……、はじめ、まして。桜井亜希、です」

手塚の口ぶりから察するに、亜希のことはすでに説明しているらしい。亜希は少し戸惑いながら、ペコリと頭を下げる。――すると。

「はじめまして。凄腕の獣医さんだって聞きました。……息子がさぞかし迷惑をかけているでしょう。すみませんね」

予想外に優しく声をかけられて、亜希は顔を上げた。

すると、父親はかすかに微笑む。

話し合いは平行線だったと聞いていたはずなのに、その表情は、驚く程に穏やかだった。

ポカンとする亜希に、手塚が小さく笑う。

「うちの父、顔は怖いけど、そんなに構えなくても大丈夫ですよ」

「え！　い、いえ、そんな……！」

手塚の父親は、戸惑う亜希にもう一度微笑み、それから手塚の胸に抱かれたリクにそっと手を伸ばした。

「やあ、リク。……大人しいね。前にうちにいたリクも、君みたいに大人しくて、利口だったんだよ」

リクは、目に戸惑いを滲ませながらも、手塚の父親に興味を惹かれているようだった。

少し前のリクなら考えられないことだが、震えることもなく、大人しく頭を撫でられている。

もしかしたら、手塚と似た雰囲気を感じ取っているのかもしれないと、亜希は思った。

現に、リクに向ける父親の目は、手塚とよく似ている。

最初こそ、手塚は完全に母親似だと思っていたけれど、動物を前にしたときの二人の空気は、驚く程に同じだった。

「抱いても？」

「いいけど、怖がりだからそっと」

「わかってる」

その光景につい見とれていると、いつの間にかリビングへ来ていた手塚の母親が、亜希に笑いかける。

「嬉しそうね。リクに会いたがってソワソワしてたから」

「あ、あの……」

「私と一緒で、犬には目がないの。前に飼っていたリクが失踪して、もう二度と飼わないって言ってたけど、隼人から動物を引き取りたいっていう話を聞いて以来、しょっちゅうペットショップでおもちゃばかり見てるのよ」

「そう、だったん、ですね……」

「骨肉腫の治療中だって聞いて、もちろん心配もしたんだけど……、とても優秀な獣医さんが診てくれるって言うから、……私が、紹介してって言ったの。そしたら、連れてくるって。……ご迷惑じゃなかった？」

「そ、そんな……」

亜希はようやく、自分がここへ来ることになった経緯を把握した。

優生はああ言っていたけれど、やはり獣医としての訪問で合っていたのだと、ひとまずほっと息をつく。――しかし。

「それにしても……、よっぽど好きなのね、亜希先生のこと」

突然の言葉に、亜希はふたたび硬直した。

すると、母親は笑いながら、唇の前に人差し指を立てる。

「あまり勘繰ると怒られそうだけど……、だってね、紹介してとは言ったけど、まさか家に連れてくるなんて思わないじゃない？　……そしたら、女の子だって言うから、もしかしてと思って。実際にお会いしてみたら、あの動物にしか興味を持たなかった隼人が、亜希先生にはずいぶんニコニコしてるし」

「えっ……と、わ、私」

すっかり混乱した亜希は、どう答えればいいかわからずに目を泳がせた。

すると、母親は手塚にそっくりな笑みを浮かべる。

「この間、隼人に久しぶりに会って、少し変わったなぁって思ったの。それは多分、亜希先生のお陰なんじゃないかなって。……ああ見えて、不器用で頑固で子供っぽくて、相手をするのは大変かもしれないけど、……よかったら、傍にいてあげてくださいね」

嬉しそうに手塚のことを語る様子を見ていると、亜希は戸惑いすらも忘れ、不思議と心が温かくなった。

母親の愛情に触れた経験がほとんどない亜希にとって、その、なにもかもを見透かして見守る温かさが、とても偉大なものに感じられる。

母親の口調は、まるで幼い少年のことを語っているようで、それは、少し羨ましくもあった。

「……傍にいたい、のは……、私の方、です」

そう口にしたのは、半ば無意識だった。

手塚の母親から向けられた視線で我に返り、亜希はたちまち動揺する。

けれど、その視線があまりにも柔らかかったせいか、気持ちがスッと穏やかになった。

「ありがとう」

これ以上ないくらいに気持ちのこもったお礼の言葉が、亜希の心にじわじわと染みわたっていく。

それは、手塚の傍にいるときに感じる心地よさとよく似ていた。

そのとき、ふいに手塚が亜希に手招きする。

「亜希先生、庭に出ませんか？　リクに庭を歩かせてみたくて」

「あ、はい……！」

亜希は母親にペコリと頭を下げ、手塚の後に続いて、リビングのガラス戸から庭に出た。

庭は外から見たときよりもずっと広く感じられ、周囲にはたくさんの植物が植えられていた。

おそらく、春になればたくさんの花が咲くのだろう。

庭に下ろされたリクはしばらく辺りをクンクンと嗅ぎ、やがて、おそるおそる散策をはじめる。

亜希はその様子を眺めながら、ほっと息をついた。

「……そもそもは、俺が忙しいときは預かってほしいっていうお願いをするつもりで来たんですけど……、ここで育てるからお前が通えって言われちゃいました。それが条件だって」

「あ……、そうなん、ですね。……お父さん、とっても犬好きで……、嬉しかった、です」

「本当に。……ま、たびたび移動させるのもリクにとってはストレスかもしれないから、……ありがたく従おうと思います。……あれだけ意気込んでリクを育てるって言っておきながら、ちょっと情けないけど」

「そんな、こと……！」

「卑屈になってるわけじゃなくて。……未熟なくせに意固地になっていたのは事実ですから。……まあお陰で、自分が目指すべき姿ははっきりしました」

「手塚、くん……」

確かに、今の手塚からは、これまでのような焦りは感じられない。おそらく、妥協した決断ではないのだろう。

ただ、亜希にはひとつ疑問があった。

「あの……、でも、よかった、ですね。話し合いは、平行線だったって、言っていたので……、口論になったり、するのではと……」

すると、手塚は苦笑いを浮かべる。

「平行線の案件もありますよ。……さっきも父と少し話しましたけど、俺の研究や今後の進路に関しては、断固受け入れてないみたいですから。抱き合わせでなんとかなるかなぁなんて、ずるいことも考えてたんですけど、リクのこととは別件のようです。……

まぁ、かえってよかったのかも。進学をやめなきゃリクのことも受け入れないって条件だったら、詰んでたから」

「……それ、お父さんの愛情かも、ですね」

「え……？」

「ちゃんと、逃げ道を、作ってくれたのではと」

思ったままの感想だったけれど、手塚は少し驚いていた。

やがて、少し照れ臭そうに俯く。

「……なるほど」

その表情がまるで子供みたいで、亜希は思わず笑った。

とても、穏やかな空気が流れていた。

こうして、――リクは、手塚の実家で面倒を見てもらえることになった。

つまり、これからは、手塚はこれまでと違って、頻繁に実家に出入りをすることになる。

そのことに関して、手塚の母親はずいぶん嬉しそうだった。

ただ、母親からの、いっそ実家に引っ越せばいいのにという提案には、断固首を縦には振らなかった。

そこは、自立を目指す手塚にとって、越えられないラインなのだろう。

どこまで頼ってもいいものなのかという距離感に関しては、亜希にはよくわからない。

ただ、手塚が少し楽になり、両親も喜んでいるのなら、結果的によいバランスに落ち着いたのだろうと思った。

その日、亜希は、改めて抗がん剤治療の説明をしに来ることを伝え、ひとまずリクも一緒に手塚の実家を後にした。

手塚の母親は夕食を一緒にと誘ってくれたけれど、手塚はそれを断った。何年も寄り付かなかったのだから、やはりどこか居心地が悪いのだろう。

現に、実家を出るやいなや、手塚は大きく伸びをしていた。

「……なんか俺、疲れました……」

「とっても、いいご両親、でした。……二人とも、手塚、くんに、すごく似ていて……」

「そうですか？　……母はともかく、俺、父みたいな偏屈そうな顔になりたくないですけど」

「でも、笑った、ときは……、そっくりでしたよ」

不本意そうな手塚の様子が、なんだか微笑ましい。

こっそりと笑っていると、手塚がふいに亜希の手を取った。

「……あの」

「え……？」

手塚の手には、いつになく力が込められていた。

亜希は思わず立ち止まり、手塚を見上げる。――すると。

「あの……、さっきの、俺にも言ってくれません……？」

唐突なお願いに、亜希はこてんと首をかしげた。

「さっきの……？」

「さっきのです。……母に言ってたやつ」

そう言われ、亜希は会話の記憶を辿る。――すると、ひとつだけ思い当たることがあった。

それはおそらく、亜希が思わず手塚の母親に伝えた、「傍にいたいのは私の方です」という言葉。

頭の中で繰り返すと、たちまち頬の熱が上がる。

「えっ……！　ど、どれ、の、こ、こと、だか……！」

「余裕で思い当たってるじゃないですか」

「っ……」

誤魔化しは、無意味だった。

ただ、あのときスルリと口から出たはずの言葉は、手塚を前にすると、とても言える気がしなかった。

亜希はすっかり混乱し、額にはじわりと汗が滲む。

すると、手塚は諦めたのか、ふたたび歩きはじめた。

「……ま、いいです。……いや、だいぶ残念ですけど、気長に待つことにします」

拗ねた言い方は、まるで子供だ。

手塚は、おそらく熱を出したときから、少しだけ言動が幼い。

これまでは、年齢よりもずっと大人びていると思っていたのに、なんだか逆行している。

そして、そんな手塚といると、亜希は不思議な気持ちになった。

まるで、手塚を覆っていた殻がポロポロと剥がれ落ちていく様子を見ているかのようだな。

「……待つ、どころか……、一人で先に、行こうとした、くせに」

「え？」

手塚が振り返り、亜希は我に返る。

妙なことを口走ってしまったと思うものの、亜希には、誤魔化し方がわからなかった。

いっそ聞こえていなければいいのにと願いながら、おそるおそる手塚を見つめる。

——すると。

「もう見せませんよ、あんな姿。……けど、万が一、またそうなったときは、また引き戻してくださいね」

すっかり余裕の戻った声でそう言われ、亜希は俯いた。

「わかり、ました。……ちゃんと、見て、ますね」

心の中で、叶うならばずっと傍でと補足する。

手塚は嬉しそうに微笑み、ふたたび前を向いた。

その背中を見つめながら、手塚は不思議な人だと、ふと思う。大人のようで、でも子供のようで、頑固で、素直。

そんな極端な両面のバランスを上手く取りつつ、間違えたと思ったときにはすぐに軌道修正する柔軟さもある。

ふいに、羨ましいと思った。

手塚ならきっと、大きく道を逸れることなんてなく、たとえ深い悩みがあっても、ポジティブな結論を出すのだろう、と。

ただ、それを頼もしいと思えば思う程、――亜希の心には、あまり経験のない、重い感情が生まれていた。

「亜希先生……？」

なかなか歩きださない亜希を不思議に思ってか、手塚が声をかける。

「……いえ」

亜希はひとまずその感情から目を逸らし、首を横に振った。

そして、手塚に追いつき横を歩く。

少し前には、ときどき振り返って手塚を見つめるリクの姿。その目はキラキラしていて、手塚への信頼や愛情で溢れている。

今、もし声を聞くことができたなら、リクはなんて語るのだろうかと、亜希は思った。

同時に、もうしばらく聞いていない動物たちの声を思い出し、心がじりじりと痛みはじめる。

ついさっき目を逸らしたばかりの重い感情の正体は、まさに、これだった。

思えば、亜希が抱える問題は、――失ってしまった大切な能力のことは、まだなんの希望も見えていない。

理由は他でもなく、深く考えることをひたすら避け、自然に解決することを望んで向き合わずにいたからだ。

そんな亜希にとって、どんなに自分を追い込んでも、結果的に活路を見出す手塚が眩しく見えるのは、当然だった。

そろそろ向き合わなければならないと、亜希は思う。

自分が立ち止まってしまえば、手塚がどんなにゆっくり歩いてくれても、横に並ぶことはできないのだからと。

「両親のお陰で、少し余裕もできますし……、次は義足の技師のところに行かなきゃな……。ってか、その前に佑真さんのところにも顔を出さないとですね」

「あっ……、はい。そう、ですね」

「年度が変わって生活のペースが掴めてきたら、また叔父の牧場にも行きましょう。そらたちに会いに」

「はい。……ぜひ」

会話を交わしたことのある動物たちに会うのが、少し怖い。

亜希は、これまでならば手放しで喜んだはずの手塚の提案に笑みを返しながら、やはり、このままでは駄目だと改めて思った。

たとえ、希望通りの結末に辿り着かなかったとしても、――受け入れ方を、見付けなければならないと。

＊

二月末。

リクの抗がん剤治療もとくに問題は起こらず、無事、手塚の実家に迎え入れられることになった。

お陰で、手塚はほぼ毎日実家に顔を出すようになった。時間によっては、リクも大学に連れて行っているという。

リクは元気そうで、最初に会ったときと比べてずいぶん毛艶がよくなり、体も少し大きくなった。

そして、あえて詳しく聞いてはいないけれど、手塚と父親との関係も、そう悪くはなさそうだった。

そんなある日、手塚から、久しぶりの誘いがあった。

「今度の土曜、一緒に大学に行きません？　研究室に少し用事があるんですけど、すぐに終わりますし、その後、よかったら散歩でも。それに、高森（たかもり）から久しぶりに大学に顔を出すって連絡があったんです。……覚えてます？　高森のこと」

「あ、はい。ミニブタのチビの……！」

高森とは、一年前に大学で出会った学生。飼い主によって捨てられたミニブタを引き取り、大学で育てていた。

亜希にもなかなか心を開いてくれず、近寄ることすら許してくれなかったチビとの出会いを、亜希は印象深く覚えている。

「高森が、亜希先生は元気ですかって気にしてたので、良かったらどうかなって。それに、飼育してる動物たちも、きっと亜希先生に会い――」

手塚が不自然に言葉を止めた理由は、わざわざ聞くまでもなかった。

動物たちの声が聞こえなくなって以来、手塚にはずいぶん気を遣わせてしまっている。

「あ、……えっと、会いたい、です。……動物たち、にも」

「……そっか。よかったです。なら、一緒に行きましょう」

手塚がほっとするのを見て、亜希は少し複雑な気持ちになった。

この状況を変えるためには、きちんと現状に向き合うしかないとわかっているものの、具体的にどうすればいいのかは、亜希自身、正直、迷走している。

あえて選択肢を並べるとすれば、ただ能力が元に戻るのを待つか、または、聞こえないことを心から受け入れてしまうか。

ただ、前者は努力でどうにかなることではなく、後者もまた、時間をかけるしかないように思えた。

のんびり構えているつもりはまったくないけれど、現時点では、聞こえないなりに、病院での動物たちとの触れ合いも、診察も、なんとかやれている。

けれど、動物たちとの間に壁を感じることが多いのも、確かだった。

これまで通りにいかないもどかしさに、少しずつ心がすり減っていくような苦しさもある。

そんなときに手塚がくれた誘いには、正直、戸惑いもあった。

けれど、今回断ったところで、いつまでも避け続けるわけにはいかない。

結果、土曜日に手塚に付き合い、大学へ行くことになった。


当日の朝、亜希はメロに擦り寄られて目を覚ました。

もう寒さのピークは越えたけれど、朝はまだまだ冷える。

なかなか布団から出られないでいると、メロは起こすのを諦めたのか、布団に潜り込んだ。

「今日、メロも、行く……？」

「にゃぅ」

メロはタイミングよく鳴くけれど、やはり、言葉はわからない。

亜希は体を起こし、メロと目を合わせた。

「行く……？」

「にゃぁ」

「……どっち？」

「にゃぅ」

「いいや。……連れて、いくね」

つい、溜め息が零れる。

前までは当たり前に交わしていた、簡単な問いの答えすら理解できないことが、寂しかった。

一時的なものでありますようにと願っていたけれど、気付けば、声が聞こえなくなってはや二ヶ月。

一時的と呼ぶには、二ヶ月は長い。

亜希はベッドから下りて、ひとまずメロの餌を準備した。

時計を見ると、時刻は八時。

今はさくらいホテルに保護動物がいないとはいえ、ずいぶんゆっくり寝てしまったと、亜希は大きく伸びをする。

スマホを確認すると、手塚から、十時過ぎに病院に迎えに行くという連絡が届いていた。

時間には、まだ余裕がある。亜希はふと、おにぎりを持って行こうと思い立って、準備をはじめた。

メロやリクが一緒なら外食は難しいし、おそらく、手塚はこっちの方が喜ぶだろうと。

そして、すべての準備を終えた頃、インターフォンが鳴った。

亜希は急いで荷物を抱え、一階に下りて勢いよく戸を開ける。すると、リクを抱えた手塚が、笑顔で迎えてくれた。

ずいぶん久しぶりに顔を見た気がして、亜希はつい、挨拶も忘れて見つめてしまった。

「おはようございます。……どうしました？」

「え？　……あ、いえ……。なんだか、久しぶりだな、って」

「しばらくバタバタしてましたからね。でも、今日は少しゆっくりできそうです。行きましょう」

亜希は頷き、メロの入ったリュック型のケージを背負う。

手塚との外出は、久しぶりだった。

気持ちは、確かに浮き立っている。——なのに、どうしても小さな不安が付きまとっていることは否めなかった。

こうも何度も不安に苛(さいな)まれていると、もし永遠に動物たちの声が聞こえなかったとして、本当に受け入れられる日が来るのか、正直疑問だった。

かといって、いつまでも嘆き続ける未来は、あまりにも虚しいし、辛い。

ただ、しばらく目を逸らしていたせいで、いざ向き合おうと思っても、もはや上手く焦点を合わせられなかった。

「亜希先生、荷物が多いですね。……もしかして、お昼ご飯作ってくれたりしました？」

「あっ、はい……、おにぎりを」

「え、本当ですか……？　嬉しいです！　実は、今朝お願いしようかなと思いながら、忘れていて」

「手塚、くんは、本当にこれが好き、ですよね。……我ながら、不格好だなって、いつも思ってるんです、けど……」

「そこがいいんです。唯一無二な感じ」

不安定な心を見抜かれないよう、亜希は笑みを繕う。

それが、余計に自分を追い込んでいるのだと、もちろん自覚していた。


大学へ着くと、手塚は亜希を温室へ案内した。

動物たちがいる方に連れて行かなかったのは、前に来たときと同じ、手塚の気遣いだ。

手塚は亜希をベンチに座らせ、リクを下ろすと時計を確認した。

「少しだけ、研究室に行ってきますね。すぐに戻れると思うので、温室の植物でも見ててください。もちろん、大学の敷地内ならどこに行ってもらってても大丈夫ですけど、意外と広いし、もし見付けられなかったら困るので、スマホはときどき確認してくださいね」

「わかり、ました」

「じゃ、後で！」

手塚が去った後、亜希はメロをケージから出し、リードを繋いでぼんやりと温室の中を眺めた。

リクとメロは、さくらいホテルで何度も顔を合わせていることもあって、傍にいても落ち着いている。

少し距離を空けつつ、時折チラリと視線を投げ合う仕草が、互いに意識しているようでなんだか微笑ましい。

互いをどう思っているのか、今の亜希には聞くことができないけれど、少なくとも仲悪くはなさそうだった。

亜希はそんな二匹の様子を眺めながら、小さく溜め息をつく。

そして、ふと、大学の敷地内で飼育されている、たくさんの動物たちのことを思い出した。

「元気、かなぁ……」

「にゃぅ」

相変わらずメロはタイミングよく返事をくれ、亜希は思わず笑う。

すると、メロは尻尾をぴんと立て、まるでなにかを訴えかけるかのように、亜希をじっと見つめた。

「もしかして……、会い、たいの?」

「にゃぁ」

「……行って、みよっか」

亜希はメロを抱え、リクのリードを引いて温室を出る。

過去に会話をしたことのある動物たちに会うのはやはり不安だけれど、いい機会かもしれないという思いもあった。

温室を後にすると、亜希は敷地を横切り、温室の真逆にある農場へ向かう。

犬と猫を連れて歩く姿はさぞかし異様だろうと思ったけれど、土曜の大学には、人の姿はほとんどなかった。

やがて、いつか来たヤギ舎が見え、亜希はその周囲を囲う柵の少し手前で立ち止まる。

柵の中には、二頭のヤギがいた。気温が低く、おそらく他はヤギ舎にこもっているのだろう。

「ヤギ、さん」

亜希は少し緊張しながら、声をかける。

しかし、ヤギたちはチラリと視線を向けたものの、さほど興味がなさそうに、すぐに目を逸らしてしまった。

想像よりも、ショックを受けてしまっている自分がいた。

動物病院にやってくる家庭で飼いならされている動物たちとは、やはり大きな違いがあった。

目が合った途端に、野生の動物すらも寄ってきてくれた少し前までのことが、幻想だったのではないかとすら思える。

　心の疼きが、どんどん大きくなっていった。

　亜希は、思わず一歩後退る。しかし膝に力が入らず、ガクンとバランスを崩した。

　——そのとき。

「大丈夫ですか？」

　背中を支えられ、亜希は驚いて振り返った。

　立っていたのは、見覚えのある姿。

「あ、高森、さん……？」

「やっぱり亜希先生でしたか。ぞろぞろと動物たちを連れているから、そうじゃないかと思いました」

　一年前に一度会っただけなのに、その優しい表情を見ると、記憶が鮮明に蘇ってくる。

　亜希は慌てて高森から離れ、ぺこりと頭を下げた。

「あ、ありがとう、ございます……！　つ、土に足を、とられて……、ふらついて、しまって」

「いえ、全然。……手塚さんはまだですか？」

「あ、研究室に、少し用があると」

「なるほど。……一緒に待っててもいいですか？」

控えめにそう言われ、亜希は頷く。

普段なら、あまり面識のない相手と仕事以外で二人になるのは苦手だが、高森ならば、どういうわけか平気だった。

一年前にも感じたけれど、高森から伝わる人見知りな雰囲気が、自分と少し似ているからかもしれない。

高森はヤギ舎の傍のベンチに亜希を案内し、足元で不安げに見上げるリクにそっと手を伸ばした。

「君がリクか。……手塚さんから聞いてたけど、大人しくて可愛いな」

リクはかすかに警戒を滲ませつつも、戸惑った視線をチラリと亜希に向ける。

「大丈夫、だよ。……高森、さんは、なにもしない、から」

声をかけると、リクは高森の指にくんくんと鼻を動かした。

高森は、感心したように頷く。

「さすが、心が通じ合ってますね」

「え……？　そうで、しょうか……」

「え……、だって今、亜希先生に伺いを立ててましたし」

「そういう、わけ、では……」

亜希は一度否定したものの、言われてみれば、リクは最初に比べるとずいぶん心を許してくれるようになった。

手塚といるときだけに見せる嬉しそうな姿を見ているぶん、自分に対する変化にあまり気付かなかったけれど、近寄ることすら叶わなかった頃に比べると、大きな進歩といえる。

見落としていたことは案外多いのかもしれないと、ふと思った。

「亜希先生もですけど、手塚さんも……、やっぱり少し違うんですよね。……上手く説明できないんですけど、一緒にいると、動物に愛される特別なものを感じるっていうか……。そういうタイプの人は、それこそ動物に関わる仕事をとことん突き詰めるべきだなって思うんです。……俺は、少し違うのかもって思いました。もちろん羨ましいけど、卑屈な意味じゃなくて」

「高森、さん……」

高森の気持ちが、今の亜希には少しわかる。

動物たちと話せなくなった今、手塚の持つ動物への執着や、動物とすぐに打ち解け愛されるその不思議な特性が、これまでよりもずっと特別なものだと感じるようになった。

「だから、当時は迷ったけど、進学をやめて就職したんです。自分にしかできないことを探してみようと思って。結局、卒業後は食品メーカーに就職したんですけど、……まあまだ一年目なので、模索状態です」

「自分にしか、できないこと、ですか……」

なんて前向きなんだろうと、亜希は思う。

自分にないものに執着せず、次に行くには大きな勇気がいると、まさに今、亜希は実感していた。

そんなとき、ふいに人の気配がし、亜希たちは同時に視線を上げる。

すると、そこには、見覚えのある姿があった。

「有里沙（ありさ）、さん……？」

それは、高森と同じく一年前にここで出会った、農学部の中川（なかがわ）有里沙。相変わらず可愛らしいその姿に、亜希は一瞬見とれてしまった。

「お久しぶりです、亜希先生。……高森くんが手塚さんに会いに来るって聞いたので、私も顔を出そうかなって思って」

「あっ……、お久し、ぶり、です……！」

「……なんていうか、お変わりないですね」

「おい、失礼なこと言うなよ」

「言ってないでしょ……」

いきなりはじまった言い合いの意味がわからずにオロオロしていると、有里沙はやれやれと溜め息をつく。

そして、無理やり高森を立たせると、亜希の横に座った。

「私、あれから院に進んだんです」

「あ、そうなん、ですね」

「……心配しなくても、卒業して以来、手塚さんから連絡がきたことは一度もないですよ」

「えっと……、心配……？」

「……いえ、なんでもないです」

どこか噛み合わないこの感じを、亜希はなんとなく記憶していた。

決して嫌な感じはしないけれど、たとえるならば、猫に甘噛みされているかのような感覚だった。

すると、そのとき。

「亜希先生……！　……スマホ見てって言ったのに」

亜希たちの元に、手塚が駆け寄ってきた。

亜希がほっとして笑みを浮かべると、手塚はなにかを察したのか、有里沙に視線を向けた。

「……中川さん、亜希先生になにか言った？」

「ちょっと……、言いませんよなにも。二人してひどい言いがかりです。久しぶりに会ったっていうのに」

「そういえば、そうだね。どう？　研究は」

「……さも興味なさそうに聞かないでください」

二人のやり取りに、高森が笑う。

その間、ポケットのスマホを確認してみると、手塚から、着信が一件とメールが一通届いていた。

受信した時間は二十分前。どうやら手塚は、亜希が高森と会った頃にはすでに用を終えていたらしい。

反応しなかったことを申し訳なく思ったけれど、手塚はもう気にする様子もなく、すでに高森との再会を楽しんでいた。

「手塚さん、久しぶりですね。予想はしてましたけど、博士課程に進むなんて、すごいな」

「いや……、早速いろいろ大変な目に遭ってるけどね」

「今は、どんなことしてるんですか？」

「修論がようやく終わったばっかりで、今は今後の準備に追われてるよ。すでに忙しくて、先が思いやられる」

「いや、全然思いやられてないくせに。手塚さんはいつも楽しそうですし、俺からすれば変態の域です」

「……そんな風に思ってたの？」

二人の会話から、仲のよさが窺えた。

亜希は邪魔しないようにと、黙って膝の上のメロを撫でる。

すると、有里沙が突如、亜希の顔を覗き込んだ。

「……あれから一年くらい経ちますけど、進展しました？」

「え？　……進展、とは」

「手塚さんとですよ」

「……えっと」

「ほんと、相変わらずですね。ま、一緒にここに来てるくらいだから、お察しですけど」

有里沙の言う進展がなにを指しているのか、亜希は、まったくわからないわけではない。

ただ、手塚のことに関してはひと言で説明できる程単純ではないし、それに、有里沙が聞きたがっている内容を答えられる自信もなかった。

こういうときにサラッと言葉が出ないことこそ、コミュニケーション下手の所以なのだと、亜希自身も自覚はしている。――すると、そのとき。

「のんびりしてると、盗られちゃいますよ？」

突然囁かれ、亜希はビクッと肩を揺らした。

「と、盗られ……？」

「……いや、私じゃないですよ。私はもうべつに……ってか、手塚さんってかっこいいんですから」

「あ、あの」

「……なんでもないです」

次々と先へ行ってしまう会話に、まだ甘噛みは続いているようだと、亜希はただただ戸惑っていた。

すると、有里沙が突如、深い溜め息をつく。

「……ってか、素朴な疑問なんですけど、亜希先生って、絶対に譲れないものとかあるんですか？」

「譲れないもの……、ですか」

「あと、ものすごく執着すること、とか」

その答えは、特別難しくはなかった。

もしそれがなかったのならば、獣医をしている今の自分はいないと、はっきりと言える。

けれど、有里沙の質問の意図はそこではない気がして、亜希は黙って有里沙を見つめた。

「……すみません、興味本位で聞いただけなので、答えなくてもいいです。……けど、大切なものには執着しないと、可哀想ですよ」

「あの、……してきた、つもり、でしたが……。もちろん、仕事、とかも……」

「いや、仕事とかそういう重い話じゃないんで、そんな顔しないでください。そういう人生の根幹はともかく、受け身でいろんなことが成立する人って、一定数いる気がしていて。ほんと、羨ましいなって話です。あ、皮肉じゃないですよ？　……ただ、そういう人って、逆に自分から離れていくものに、いちいち干渉せずに済むのかなって思って」

有里沙が語る言葉の意味が、亜希にはよくわからなかった。

首をかしげると、有里沙はふたたび溜め息をつき、立ち上がる。

「じゃ、私はそろそろ戻ります。……手塚さん、たまには私にも連絡してくださいね！」

「うん、了解。またね」

「じゃ、また！」

有里沙が去ると、周囲はしんと静まり返る。

亜希は小さくなっていく後ろ姿を茫然と見送りながら、相変わらずパワフルな女性だと感心していた。

やがて、手塚たちも会話を終えたのか、亜希の傍へやってくる。

「亜希先生、では、僕はこれから教授に挨拶しに行きますので、これで。会えてよかったです」

「こちら、こそ……！　お仕事、頑張って、くださいね」

「ありがとうございます」

高森が校舎へ向かうと、手塚は亜希の横に座り、ゆるゆると尻尾を振るリクを撫でた。

「中川さんとなんの話してたんですか？」

「え？　あ……、近況と、いいますか……」

「あの子、言葉がちょっと直接的ですけど……、なにか変なこと言われませんでした？」

「変なこと、なんて……」

一旦は否定しかけて、亜希はふと、有里沙の言葉を思い返す。

「……離れていくものに干渉しない……って、どういう意味、でしょう」

「え？」

思わず口に出してしまって、慌てて首を横に振った。

「あ、いえ……、すみま、せん。……あ！　おにぎり、食べませんか？」

「そろそろお昼ですね。寒いので、温室に行きましょうか」

「はい……！」

亜希はメロを抱えて立ち上がる。

手塚と一緒に歩く温室までの道のりは、不思議と、さっきよりも足取りが軽い。

一方で、積もり続けた数々の小さな不安や恐怖や違和感が、もう目を逸らせないくらいに膨らんでいると、ひどくざわめく心で実感していた。

決して、有里沙の言葉が引き金になったわけではないけれど、キッカケのひとつになったことは否めない。

――干渉しないわけ、ないのに。

亜希は、これまで、大切なものを逃したくないときに、干渉せずにいた覚えなんてなかった。

それでも、自分の横をすり抜けるように消えていったものは、たくさんあった。

そのとき、ふと、限界まで手を伸ばしてみたことや、がむしゃらに抗ってみたことはあっただろうかと、小さな疑問が浮かぶ。

抗うことで結果が変わったものも、あったのだろうかと。

「亜希先生？　……なんか、ぼーっとしてません？」

「え、……すみま、せん。……寒くて」

「冷えちゃいましたね。温室に着いたらなにか温かいもの買ってきますね」

「ありがとう、ございます」

この、まるで路頭に迷っているような混沌とした気持ちを、手塚に上手く説明するための言葉を亜希は知らなかった。

結局、亜希は曖昧に誤魔化すことしかできず、心にざわめきを秘め、メロを抱える腕に力を込める。

「にゃぁ」

メロがなんて言っているのか、亜希にはわからない。

ただ、そのあまりにまっすぐな視線を見つめながら、もしかして今だけは、動物の言葉がわからなくなってよかったのかもしれないと、らしくないことを考えていた。

翌日。

亜希が思い付きでやってきたのは、実家。

病院の二階で寝泊まりするようになって以来、来ることはほとんどなくなったけれど、父が遺してくれた家だからと、今もそのままにしていた。

家は放置するとすぐに傷むと聞き、数ヶ月に一度、清掃をはじめとしたメンテナンスを頼んでいる。

そのせいか、家の中は、時の流れを感じさせない。

むしろ、何年も前から時間が止まってしまっているかのような、不思議な錯覚を覚えた。

亜希は玄関に上がると、リビングを素通りして二階へ上がる。

二階にあるのは、両親の寝室と、父の書斎、そして亜希の部屋。

一番奥にある自分の部屋へ向かって廊下を歩いていると、ふいに、ノスタルジックな気持ちになった。

記憶をかすめるのは、廊下からこっそりと父の書斎を覗き込んだ、大昔の思い出。いつもすぐにばれてしまったけれど、父は亜希に気付くと手招きをして、膝の上に乗せてくれた。

夜中に怖い夢を見て目が覚めてしまったとき、書斎から廊下にかすかに漏れる灯りは、亜希にとって癒しであり、救いだった。

けれど、そんな廊下も、父が死んでしまった瞬間から、心を抉る辛い場所に変わった。

当時、悲しみに暮れ部屋に引きこもっていた亜希は、廊下を歩くたびに体に伝わる振動すら、息苦しく感じて仕方がなかった。

さすがに、今はもう、廊下を歩いていても胸が痛むことはない。

何年もかけ、祖父や動物たちのお陰で、優しい思い出へと変わっている。

ただ、――亜希にとって父の死は、失うことに抗えなかった、決定的な記憶のひとつだった。

そのときのことを思うと、抗ってどうにかなることなんて稀ではないかと思わずにいられない。

亜希は自分の部屋に入ると、布団もシーツも撤去されてマットレスが剥き出しになったベッドにごろんと転がった。

部屋は、病院の二階に拠点を移したタイミングで片付け、ベッドと机以外はほとんど物が残っていない。

メロは初めての場所に戸惑っているのか、落ち着きなく部屋の中をウロウロしていた。

亜希は目を閉じ、なぜ突然実家に足が向いたのか、ぼんやりと考える。

思い付く理由は、たったひとつ。

ここは亜希にとって、譲れないものが溢れていた場所であり、それらをことごとく失った場所でもあった。

だから、ふたたび大きなものを失おうとしている今、ここにいれば手の伸ばし方も、逆に、もう戻らなかったときの向き合い方もわかるのではないかと思ったからだ。

けれど、ベッドに転がり天井を見つめているだけでは、ただただ昔の記憶が蘇るだけだった。

亜希は目を閉じ、「絶対に譲れないものってありますか?」という有里沙の言葉を思い浮かべる。

そして、もしこのまま永遠に動物と会話ができなかったとして、自分にとって他に譲れないものはなんだろうと考えた。

自然と思い浮かぶのは、手塚の存在。

けれど、たくさんのものを失ってきたこれまでの経験が邪魔して、手塚の存在を譲れないと言いきってしまうのが、少し怖い。

もしかしたら、手塚だって、いつか離れていってしまうかもしれない。

手塚と過ごす、穏やかで優しいこの日々が、いつまでも続く保証なんてどこにもない。譲れないものとして思い浮かべていたはずなのに、いつの間にか、失う日のことを考えてしまう。

なんて厄介なのだろうと、亜希は思った。

――なんか、疲れた……。

考えすぎたせいか、寝転んでいると、次第に意識がぼんやりしはじめた。

帰ろうかとも思ったけれど、今日は休診日で、ここにいたところで誰にも迷惑をかけることはないと、亜希はそのままベッドに体を委ねる。

眠気に抗うことをやめると、意識はあっという間に遠退（とおの）いていった。

目覚めたのは、夕方。

ずいぶん長く眠ってしまったことに驚き、亜希はゆっくりと体を起こした。

お腹の上には、丸まって眠るメロ。

背中を撫でると、ひげがピクッと動く。

久しぶりの実家の匂いにリラックスし、気が緩んでしまったのだろうと、亜希はしばらくぼんやりとしていた。――そのとき。

『――いい加減、しっかりしなさい』

突如響いた、懐かしい言葉。

それは、忘れもしない――シスの声だった。

亜希は驚き、部屋を見回す。

けれど、ずいぶん前に死んでしまったシスが、ここにいるはずがなかった。

「気の……せい……」

そうと以外に考えられないけれど、懐かしいその言葉は、亜希の記憶を強く刺激した。

そのひと言こそ、亜希が初めて聞いた動物の声であり、父が死んですっかり塞ぎ込んでいた亜希が元気になるキッカケとなった運命の言葉だ。

そして、あの瞬間から、ひたすら暗闇を歩いているようだった亜希の毎日に、光が差した。

その日以降は、シスだけでなく、さくらいホテルでは動物たちの声を聞き、公園で鳥たちの囁きを聞き、野良猫の友達はたくさんできた。

哀しい別れもあったけれど、たくさんの声を聞くことで、なんでも乗り越えることができた。――けれど、今の亜希に、その光はない。

「しっかり、しなさい……か」

できるはずがないと、亜希は思う。

こんなに孤独なのに、どうしてできるだろうかと。

懐かしいシスの声すら、今は、素直に受け入れることができなかった。――しかし、そのとき。

突如、ポケットの中のスマホが震えはじめ、慌てて引っ張り出すと、いくつかのメールが届いていた。

送り主は、すべて手塚。

亜希は驚き、メール画面を開く。

すると、そこには、亜希を心配する内容のメールが並んでいた。

手塚は今日、終日研究室にこもると聞いていたけれど、どうやら急に予定の変更があったらしい。

さくらい動物病院に寄ったものの亜希がおらず、その上連絡しても音沙汰がなく、なにかあったのではと気にかけてくれていたらしい。

亜希は、慌てて手塚に電話をかける。

すると、すぐに通話が繋がった。

「亜希先生……?」

「あ、すみま、せん……！　実家に、来て……、そのまま、眠ってしまって、いて……」

説明すると、電話越しに手塚がほっと息をつく。

「実家？　それは見付けられないわけですね」

「見付け……って、あ、あの、今どこに……？」

「今は、駅のたいやき屋を出たところです」

「たいやき屋……、ですか」

どうやら捜してくれていたらしいと察したものの、たいやき屋と聞いて、亜希は首をかしげる。

すると、手塚は可笑しそうに笑った。

「散歩でもしてるのかなと思ったので、最初は井の頭公園に行って、祥子さんの家の辺りまで歩いて、それから前に行ったチャイの喫茶店に行って……、あと、ふくろうカフェとか、ベビーカステラの武蔵野八満宮（むさしのはちまんぐう）とかも回って、……で、たいやき屋です。そろそろ連絡あるかなって思って、ついでに買っちゃいました」

「す、すみません……、そ、そんなに、いろいろ……」

「いや、途中から、懐かしいなって思いながら俺も楽しんでたので。ってか、亜希先生を見付けるのなんて簡単だって、最初はゲーム感覚だったんですけど……、なかなか難しかったです。亜希先生のお気に入りの場所、すごく増えましたからね」

「お気に入りの、場所……」

「徒歩で行ける範囲に絞ったとしても、全部回るのは無理だなぁって思ってたところです」

　そう言って笑う手塚の声が、心に響く。

　考えてみれば、亜希の行動範囲は、この二年弱で驚く程に広がった。手塚が回った場所以外にも、少し考えればいくらでも思い当たる。

　ついさっきまで、時間が止まったままの実家のベッドに寝転がり、自分は失くしていく一方だと悲観的になっていたのに、ふと、目の前の景色がゆっくりと晴れていくような感覚を覚えた。

「なくすばかりじゃ、なくて……」

「え？」

「増えても、いたん、ですね」

「亜希先生？　……なにかありました？」

　手塚の優しい問いかけが、心を刺激する。

　けれど、その一方で、こんな些細なことで救われてしまう自分が、なんだか可笑しかった。

「……いえ。……なんだかちょっと、悲観的になってたと、いうか。でも、少し復活、しました」

「……迎えに行ってもいいですか？」

「あ、ですが……、もう、戻ろう、かと」

「いえ、行きます。現在地のキャプチャを送ってください」

「えっ……、あ……はい」

はっきりとそう言われ、亜希は頷く。

そして、マップを開きながら、――確かに、今の自分には、手塚の迎えが必要なのかもしれないと考えていた。

なぜなら、手塚と話した瞬間から、頭の中には手塚と行った場所や通った道や交わした会話までもが色鮮やかに広がりはじめていて、――ならば、時間がすっかり止まってしまったこの家すら、改めて、手塚との思い出の場所として更新することができるのではないかと思ったからだ。

「……たいやき、中は、なんですか？」

「つぶあんと、カスタードです。……好きでしょ？　焼きたてなので、冷めないうちに行きますね」

試しに投げかけたあまり意味のない質問の答えすら、なんだか温かい。

そのとき、亜希ははっきりと自覚していた。

譲れないものとは、考える隙も与えられないくらいの勢いで、心の中を勝手に占領してしまっているものなのだと。

いくら抗おうが、失うことに怯えていようが、無関係に。

「……なら、認める、しか……」

「え？」

電話の向こうでポカンとする手塚の表情を想像すると、気持ちが穏やかになる。

「待って、ますね」

「はい。待っててください」

その日は、手塚が着くまでのほんの十分が、ずいぶん長く感じられた。

「──大切なものが、増えると、……怖く、なりませんか？　いつか、失うかもしれない、って」

実家から病院までの帰り道、亜希はふと、そんな質問をした。

手塚は少し悩んだ後、なんでもないことのように笑う。

「まあ、怖いかもですね。改めて考えたことはあまりないけど」

「そう、ですか……」

ある意味、手塚らしい答えだった。

けれど、すでに散々考え込んでしまっている自分には無理だと、亜希は密かに溜め息をつく。――しかし。

「まぁでも、ほとんどのことは、大切だって思えるまでに時間が必要でしょうし、大切になるのが怖くて距離を取るくらいなら、いずれ失うにしても、その瞬間まで大切だって思ってたいですね。……それに、思い出は消えるわけじゃないし」

「思い出……ですか」

「万が一失ってしまったとしても、……それが、どうしようもないことだったとしても、頭の奥から引っ張り出してこれるような思い出があれば、なんとかなるんじゃないかと。それを増やすためには、いちいち怖がってられないでしょ」

ふいに、心臓がドクンと大きく鼓動した。

その瞬間、――亜希の頭の中に、たくさんの動物たちの声が響く。

シスをはじめ、家を探したかわうそたちや、ふくろうカフェのアルブ、相模原(さがみはら)みるくファームのそらやはな、井の頭公園の主であるハクビシンのクロ、ミニブタのチビ、黒猫の親子リュヌとエトワール。そして、もちろんメロも。

もう二度と声を聞くことができなかったとしても、その声も、話した言葉も、はっきりと思い出せる。

「……そう、かも……しれま、せん」

突如足を止めた亜希に、手塚は立ち止まって首をかしげた。

けれど、とくに追及するわけでもなく、にっこりと笑う。

「でしょ」

「……手塚、くんは……、本当に、すごい、です」

「え？」

「……本当に、すごい」

自分はなんて単純なのだろうと、亜希は思う。

ぐるぐると考え続けた頭の中のモヤモヤが、手塚のひと言で、あっさりと晴れてしまったからだ。

「……また、動物たちの声が、聞こえる、まで……、自分を支える、思い出、たくさん、あるなって」

「よかった。……でもそれは、これまで亜希先生が動物たちに全力で関わってきたからですね」

手塚の言葉が、いちいち心を揺らす。

思えば、出会った頃から、手塚がくれる言葉や、手塚が纏(まと)う雰囲気そのものが、特別だったように思う。

理由は、考えるまでもなかった。

「ですが、私……」

「え？」

「絶対に、思い出にしたくないものも、……あり、ます」

「失いたくないって意味ですか？」

「はい」

まっすぐに見つめると、手塚の瞳が揺れる。

不思議と、心は落ち着いていた。

亜希は、手塚のコートの裾をきゅっと握る。

「あの」

「はい」

「……あの、私」

「……はい」

「私は、……手塚くんの、ことが――」

言いかけた、瞬間。――亜希の体は、手塚の両腕に包まれた。途端に、亜希の頭の中も、言いかけた言葉も、すべて真っ白になる。

手塚の体は、やけに熱っぽかった。

胸から伝わってくる鼓動も速い。

思いを伝えようとしたのは私なのに、と。亜希は手塚を見上げる。――すると。

「いや、それは……、俺から言います……」

そう呟いた語尾は消えそうなくらいに小さく、強い緊張が伝わってきた。伝染するように、亜希の頬も熱を持つ。

「……あの……、手塚くん、からは……、何度も、聞きましたし……」

思えば、はじめて好きだと言われた日以来、手塚は亜希にサラリと思いを口にするようになった。

あまりに自然に言うものだから、戸惑うのはいつも亜希ばかりで、経験値の差がありすぎることを嘆いてもいた。

けれど、今の手塚は、見たことがないくらい動揺している。

「いえ、そういうのじゃなくて……。あれは、また別というか……。一方的なのが前提というか……」

好きにも種類があるのだろうかと、亜希は思う。

ただ、手塚の強い力や、震える声や、高い体温から、――もし種類があるとするなら、今向けられている思いはきっとすごく強いものなのだろうと、実感していた。

「俺、……好きです。亜希先生のこと」

手塚の声が響いた途端、辺りがしんと静まり返ったような錯覚に陥る。

「今はまだ全然頼りなくて、いまだに親にまで心配かけてるような状態ですけど……、ちゃんとします。だから……、これからも、ずっと一緒にいてほしいです」

言い終えると同時に両腕に力が込められ、目の奥が熱くなった。

そんな中、――何度も言われてきたと思っていたけれど、確かに、今日の言葉は少し違うかもしれないと考えている自分がいた。

「わ、私……は」

手塚の吐息が、亜希の前髪を揺らす。

「先のことを、想像するとき……、いつも、手塚くんが、います……。当たり前に、いるん、です。……一緒にいて、ほしいのは……、私の方、です。あの、私……、私、手塚くんの、ことが――」

　つい言葉を止めてしまったせいで、なぜだか続きが出てこない。

　思いを伝えるというのはこんなにも精神力と体力が必要なのかと、知らなかった事実に驚く。

　さらに、見上げた途端に手塚の視線にとらえられ、亜希の思考は止まってしまった。

　――しかし。

「――すき、なんです」

　頭の中は真っ白なはずなのに、不思議と、続きがスルリと口から零れた。

　手塚の瞳が大きく揺れる。

　その見たことのない表情に、亜希の心がぎゅっと震えた。

　すると、手塚は少し困ったように息をつき、亜希の肩に顔を埋める。

「……これは、まずい」

「え……？　あ、あの」

「……五分でいいんで、余韻をください」

　意味を理解すると、亜希の頬がさらに熱を持った。

　二人ともなにも言わないまま、静かに時間だけが流れていく。

そんな中、亜希は、ここ二年で手塚からもらった大切なものを、ひとつずつ思い出していた。

ごく身近な人間と動物にしか心を開こうとしなかった亜希にとって、手塚との出会いはあまりに大きかったと、しみじみ思う。

思えば、手塚はいつだって、亜希が困らない距離感を測りながらも、傍にいてくれた。

そして、手塚は、多くの大切なことを教えてくれた。

亜希にとって、誰かのことをもっと知りたいと、そして、もっと頼ってほしいと心から思ったのは、初めての経験だった。

おそらく、――もし手塚を失ったなら、それ以降はきっと無味無臭な日々になってしまうだろう。

たとえ、どれだけの色鮮やかな思い出を、胸にしまっていたとしても。

それはまだ少し怖いけれど、今の亜希は、「いずれ失うにしても、その瞬間まで大切だって思ってたい」という手塚の言葉に支えられている。

「将来、牧場を運営する計画……、真面目に立てなきゃいけませんね」

「ですが、……無理して、焦らないで、くださいね。……先は、ずっと長いです、から」

「……俺、まだ信用ないですか……？」

「そうじゃ、なくて。……同じ、速度で、進みたいなと」

「……はい」

噛みしめるような返事が、やけに愛しい。

亜希は手塚の体に額を寄せながら、自分が知らない感情は、あとどれくらいあるのだろうかと考えていた。

亜希にとってこの二年は、多くの経験をした、とても色の濃い日々だった。

これから手塚と過ごす日々は、もっと明るい色も、もしかしたら暗い色も混ざりながら、より濃さを増していくのだろう。

それを楽しみだと思えることが、少し不思議だった。

「……風邪ひくと大変なので、そろそろ戻りましょうか」

「そう、ですね……」

手塚と離れて踏み出した一歩目は、やけに軽い。まるで、今の亜希の心のように。

「やば。……たいやき、握りつぶしちゃったかも」

「えっ……！」

なにも変わらない笑い声を聞きながら、亜希は、――幸せとは、こういうことを言うのだろうかと、しみじみ思った。

エピローグ

五年とは、長いようで短い。

最後に動物の声を聞いてから五年の月日が流れるまで、亜希にとってはあっという間だった。

とはいえ、なんの変化もなかったかと聞かれると、そういうわけでもない。

たとえば、亜希はこの五年、佑真の保護犬シェルターと連携し、よりボランティアに力を入れるようになった。

メロはもちろん変わりなく、亜希の一番の相棒として癒しをくれているし、術後の二年生存率が二十パーセントという骨肉腫を患ったリクも、経過はいたって順調で、五年経った今も手塚や手塚の家族に愛されながら、元気に過ごしている。

そして、手塚は晴れて助教になった。

今も、大学で八坂教授の下、研究を続けている。

そんな、ある日のこと。

「——沖縄……？　羨ましい……、行ったことが、ないから」

「羨ましいって言っても、今回もかなりタイトだよ。毎度のことだけど、教授に連れ回されて、わけがわかんないうちに帰ってくるんだと思う」

「お休みは、ないの？」

「なくはないよ。土曜だけ、一日ゆっくりできそう」

手塚からの電話で、教授と数人の院生と共に沖縄へ出張するという報告を受けた亜希は、ふと、テレビで観た美ら海水族館のことを思い浮かべていた。

広い水槽の中を悠々と泳ぐジンベエザメやマンタの姿は、画面越しに見ても幻想的で美しかったと。

「手塚くん、土曜日って、予定はあるの……？」

「いや、別にないよ。どうせ、学生たちも疲れてホテルでダラダラしてるんだろうし。……どうして？」

「……行っちゃおうかな、と」

「は？」

それは完全な思い付きだった。

けれど、実際に口に出してみると、なんだか名案に思えた。

驚く手塚を他所に、沖縄の妄想が加速していく。

「こういう機会でもないと、私、あまり遠出しないし……、それに、沖縄は、一生に一度は行ってみたいって、ずっと思っていて」

「……一生に一度は大袈裟すぎでしょ。……でもまぁ、確かに亜希先生はまとまった休みが取りづらいもんね。強引に予定立てなきゃ、まじで一生に一度になりかねないかも」

「でしょう？　……テレビで観た沖縄が、夢みたいに、綺麗だったから……。美ら海水族館にも、行ってみたくて。……あ、だけど……、唯一のお休みだから、手塚くんは疲れてる、よね」

さすがに無茶なことを言ってしまったと我に返ったものの、生まれてしまった熱はなかなか冷めそうにない。

すると、手塚が電話越しに笑い声を零した。

「いいよ。もし本気で言ってるなら、案内する。……それこそ弾丸になっちゃうけど、亜希先生こそ大丈夫？」

「うん……！」

こうして、土曜の昼前に沖縄に着き、日曜の昼過ぎには発つという弾丸旅行が決定した。

慌ててチケットを取ったり、さくらいホテルやメロのことを優生に相談したりとバタバタだったけれど、思えば手塚と付き合うようになって以来、日帰りできない距離へ出かけたことはなく、亜希は完全にはしゃいでしまっていた。


そして、待ちに待った土曜日。

朝早い飛行機で沖縄へ向かうと、空港にはすでに手塚の姿があった。

Ｔシャツ一枚というすっかり夏の格好をした手塚に迎えられ、たちまち気持ちが高揚する。

駆け寄ると、手塚は早速亜希の手からキャリーバッグの柄を抜き取り、にっこりと笑った。

「久しぶりに会う場所が沖縄だなんて、なんか不思議だね」

「うん……！　四月なのに、こんなに暑いんだね……！　沖縄って感じが、する……！」

「はは、珍しくはしゃいでる」

「だって、夢だったから！」

亜希は羽織っていたパーカーを脱ぎ、落ち着きなく周囲を見回した。

天井からハイビスカスが描かれた案内板が下がっていたり、到着口のすぐ傍には沖縄名物のポークたまごおにぎりの店があったりと、まだ空港から出てもいないというのに、周囲はすでに沖縄らしさが漂っている。

すると、そのとき。ふと、手塚に近寄ってくる青年の姿に目が止まった。

青年は亜希と目が合うと、ぺこりと頭を下げる。

亜希が反射的に会釈を返すと、手塚が振り返って青年に気付き、やれやれと溜め息をついた。

「こいつ、アシスタントのバイトとして同行した、院生の金谷だよ。……観光したいっていうから借りてる車で国際通りの辺りまで送ってやろうと思ったんだけど……、亜希先生に会ってみたいってしつこくて……勝手にごめん」

「えっ……、あ……、初めまして、桜井亜希、です」

学生を紹介されることは滅多にないため、亜希は少し緊張しながらも、改めて挨拶をした。

すると、金谷は人懐っこそうな笑みを浮かべる。

「初めまして！　急にすみません……、手塚さんからときどき話を聞いていたので、会ってみたいなってずっと思っていて……！　ってか、獣医さんなんですよね？　かっこいいな……！　それに、動物の研究者と獣医って最高の組み合わせじゃないですか！」

「……適当なこと言うな」

「適当じゃないですって！　ってか、手塚さんはしょっちゅう彼女さんのことを惚気るんですよ！　亜希先生、亜希先生って、もはや手塚さんの周囲は全員彼女さんの名前を知ってるっていう」

「そう、……なん、で、すか……？」

「やめろって。……亜希先生が引いてるから」

　金谷のグイグイと距離を詰めてくる感じは、手塚と出会う前の亜希ならば、さぞかし扱いに困っただろう。

　けれど、手塚のお陰もあってコミュニケーション下手をずいぶん克服した今は、あまり戸惑うことはなかった。

　むしろ、手塚にずいぶん懐いている雰囲気がなんだか微笑ましく、まるで弟を宥める兄のような手塚が新鮮でもあった。

「ってか、お二人は今からどこに行かれるんですか？」

「美ら海水族館だよ。そのために弾丸で来たんだから」

「え……！　いいですね、美ら海水族館！　沖縄には何度か来てるけど、なかなか機会に恵まれなくて、行ったことないんです。……いいなぁ、今度旅行で来たときは、絶対に行ってみよう……」

金谷は、美ら海水族館と聞いた途端に目を輝かせる。

その表情を見た瞬間、亜希は直感で自分と同類だと察した。

「魚、お好きなんですね」

「はい！　そりゃもう、生き物全般好きです。犬好きをこじらせて八坂教授のところにいますけど、本当は海生生物も捨てがたくて。ちなみに、自宅では魚やら爬虫類やら昆虫やら、いろいろ飼育してます！」

「すごいですね！　……なら、祥子さんのお家に行ったら、きっとすごく楽しいでしょうね」

「祥子さん？」

「はい！　温室や大きな庭のあるお家に住んでいて、いろんな種類の動物を、たくさん飼育されてる女性です」

「そんなお知り合いがいるんですか！　すげぇ……！」

「今度、金谷さんも一緒に行きましょう」

「いいんですか……！」

金谷の反応は、まるで少年のように素直だった。

すっかり話し込んでいると、手塚が苦笑いを浮かべる。

「ほら、あまり時間がないんだから、そろそろ出発するよ」

そう言われ、亜希は、観光できるのは今日しかないことを思い出した。

「あっ……、そうだね。そろそろ、行かなきゃ」

「じゃあ、俺は適当に観光に行ってきますね。また今度、ゆっくり動物の話しましょう！」

「もちろんです。……というか、金谷さんも美ら海水族館にご一緒したらいいのでは……」

「はっ……？」

突如、亜希がそう提案した瞬間、一瞬、金谷の表情が凍り付く。

亜希が首をかしげると、金谷は手塚の方をチラリと確認しながら、苦笑いを浮かべた。

「いやいや、……さすがに邪魔できないですよ、たった一日しか観光できる日ないのに……」

「それは、金谷さんも同じ、ですよね。気軽に来れる場所ではないですし……、せっかくなので、見ておいた方が……」

「そ、それは……」

「調べましたが、珍しい深海魚の展示もありますし、それに、メラニズムによってお腹が黒い、とっても珍しいマンタもいますし……」

「し、知ってます……。ブラックマンタは本当に珍しいですし、憧れですから……。で、ですが」

「行きましょう。行った方がいいです」

その瞬間、突如、手塚が堪えられないとばかりに噴き出した。

亜希が驚いて見上げると、手塚は楽しそうに笑いながら、金谷の肩にぽんと触れる。

「いいよ、一緒に来なよ。変な気は遣わなくていいから」

「で、でもあの……、お二人のせっかくの……」

「亜希先生も熱弁してるし、こうなると止まんないから。金谷が嫌じゃなければ、行こう」

「ま、まじですか……、いいんですか……？」

戸惑いながらも、金谷の目は嬉しそうに輝いていた。

亜希は大きく頷く。

「楽しみですね」

「は、はい……！」

それから三人は、手塚が借りている車に乗り、沖縄の北西にあたる本部半島（もとぶはんとう）へ向かった。

美ら海水族館までは、沖縄自動車道を通って約一時間半。

道中に見える窓からの景色も美しく、亜希たちは沖縄の風景を堪能しながら、ドライブを楽しんだ。

到着すると、手塚は専用の駐車場に車を停める。

車を下りると、正面ゲートから奥に向かってゆるやかな下り坂が続いていて、ずっと先には海が見えた。

「えっ、ひ、広い……！　これ全部、水族館なの……？」

「いや、美ら海水族館って、国営沖縄記念公園っていう大きな公園の中にある施設のひとつなんだって。他にも植物園とか海洋文化館とかがあって、遊泳できるビーチもあるみたいだよ」

「そう、なんだ……、知らなかった……」

広がる景色は、水族館と聞いて想像するものとはまったく違っていた。

亜希たちは、正面ゲートを通過し、広く整備された道を、ゆっくりと進む。

「さっきの建物が海洋文化館で、向こうは郷土村って書いてる。散歩コースもあるみたいだよ。……時間があれば、ゆっくり見て回りたかったね」

手塚の話を聞きながら、亜希は、これは一日ではとても回りきれないと、安易に弾丸旅行を決めたことを少し悔やんでいた。

手塚はそんな心境を見透かしたのか、可笑しそうに笑う。

「またいつか、改めて来ようよ。水族館以外にも行ってみたいところ、たくさんあるし」

「うん……！」

やがて、三人はようやく美ら海水族館へ着いた。

しかし、チケットを買って中に足を踏み入れた瞬間、突如、金谷が亜希たちの前に立ちはだかる。

「じゃ、俺は奥から逆回りしますので！」

「えっ……？　なん……」

「見終わったら適当に他を回ってるんで、帰るときに連絡ください！　では、ごゆっくり！」

「ちょっと待……」

慌てて呼び止めようとしたものの、金谷はあっという間に順路の奥へと消えてしまった。

「……多分、気を遣ったんじゃないかと」

手塚が、ボソッと呟く。

「気を遣うって……」

「だってコレ、デートだし。……まあ、亜希先生にはその発想がまったくないみたいだけど」

「デ……」

そう言われ、ようやく、亜希は理解した。空港で金谷が挙動不審だったり、着いていきなり消えてしまった理由を。

ずっと憧れだった美ら海水族館へ行けるということだけで頭がいっぱいだったけれど、考えてみれば、手塚と二人で出かけるのは久しぶりだった。

「あっ……、そっか。……そうだ……」

「まぁ、出会ってからもう七年くらい経つけど……、もうちょっと意識してもらってもいいですかね」

わざとらしい敬語でそう言われ、亜希は思わず笑う。

すると、手塚は亜希の手を取り、歩きはじめた。

もちろん、手塚を意識していないなんてことはない。何年経とうと、亜希にとって、手塚と過ごす時間は変わらず特別だった。

互いに忙しく、頻繁に会えないぶん、余計に。

「……あの、ごめん。でも、いろいろ舞い上がってしまって……、すごく貴重な出張中の休みを、私のために空けてくれて、嬉しい。本当に」

「……」

「お、怒ってますか」

「ううん。……てか、その口調懐かしい」

「敬語……？」

「うん。……そういえば、水族館も久しぶりだね」

「確かに、そうかも」

そう言われ、ふいに頭を過ったのは、付き合う前に手塚と初めて行った水族館。亜希は、当時のことをはっきりと覚えている。

「そういえば、初めて二人で水族館に行った日、亜希先生倒れたよね。……めちゃくちゃ驚いたし、一気に血の気が引いたから、強烈に覚えてる」

どうやら、手塚も同じ日のことを考えていたらしい。あの日は手塚にずいぶん心配をかけたし、それは無理もなかった。

「あのときはまだ、動物たちの声が聞こえること、話してなかったよね。……あの日、集中しすぎたせいか、たくさんの魚たちの感情が頭に一気に押し寄せてきて、パニックになって」

「……そういうこともあるんだ」

「声を聞くことが、しばらく怖くなって。……でも、今考えると、少し羨ましい悩み、かも」

「亜希先生……」

悲観的な言い方をしたつもりはなかったのに、手塚は辛そうな表情を浮かべる。亜希は、慌てて首を横に振った。

「大丈夫。……言葉が交わせなくても、気持ちが通じてるって思える瞬間が、ちゃんとあるから」

亜希が笑うと、手塚は頷く。

やがて二人は、「黒潮の海」という名が付けられた、館内で最も大きな水槽の前へ着いた。

傍に設置されたシートに座って見上げると、大きなジンベイザメが悠々と横切っていく。

その奥では、マンタがひれをゆっくりと動かしながら、優雅に泳いでいた。水槽があまりに大きいせいか、まるで空を飛んでいるように見え、亜希はその姿を茫然と見つめる。

「すごい……。本当に、海の中みたい……」

「この水槽、七千五百立方メートルだって。……数字が大きすぎて、もはやよくわかんないけど。まるで海を切り取ったみたいだよね」

　土曜日で来場者は多かったけれど、魚たちに見入っていると、ざわめきすらも遠退いていく。

　むしろ、聞こえるはずのない鼓動やはじける泡の音が、今にも聞こえてきそうだった。

　二人は無言のまま、何度も目の前を通り過ぎていく魚たちを見つめる。ゆったりと流れる時間は、多忙な日々で溜まった疲れを少しずつ癒した。

　そんなとき、ふいに、繋がった手に力が込められる。

　亜希は途端に我に返り、手塚を見上げた。

「手塚く……」

「俺、思うんだけど」

「え……？」

「動物たちの声が聞こえなくなったのは、……昔みたいに、必要なくなったからじゃないかなって」

　亜希は、黙って手塚を見つめる。

　そして、その言葉の意味を考えていた。

すると、手塚は目を細めて笑う。

「……だって、今の亜希先生は、人に対しても、思ってることを言葉にできるでしょ？」

そう言われた瞬間、――亜希の頭の中で、初めてシスの声を聞いた日の記憶が蘇った。

それは、父が死に、毎日自室にこもって、この世の中に一人ぼっちになってしまったような悲しみに浸っていた、真っ暗な日々の記憶だ。

内向的で人と上手く話せず、学校で浮いたり陰口を言われることがあっても、それまでは、父が話を聞いてくれさえすれば救われた。

そんな大切な存在を、――唯一の居場所を失ってしまった喪失感は、まだ十歳の亜希には耐え難いものだった。

世の中すべてを拒絶するように、毎日ベッドの上でうずくまっていた亜希を連れ出したのは、祖父の愛猫シス。

シスは、亜希と外の世界を繋いでくれた。

そして、それまではあまり知らなかった祖父のことをたくさん教えてくれ、亜希に、心の居場所をくれた。

もしあのときシスの声が聞こえなかったなら今頃どうなっていたか、想像もできない。

あの日に起きたことこそが、亜希の人生においてもっとも大切な出来事だったと、今も思っている。

「……そうなの、かも」

無意識に呟くと、手塚は穏やかに微笑む。

長年心の拠り所だった動物たちとの会話ができなくなったことは今も悲しいけれど、
あの不思議な力のお陰で得たものは、あまりにも大きい。

もはや、未来そのものを貰ったと表現しても、過言ではない。

「……一人ぼっちだった私への、シスからのプレゼントだったのかもって考えたら……、
今はもう、心配ないって思ってくれてるの、かも」

「亜希先生は、この七年でずいぶん変わったしね」

「そう、かな……」

「変わったよ。……初対面の金谷と早速打ち解けて、デートに同行させちゃうくらいには」

「それは……！」

つい大きな声を出してしまい、ふいに周囲の人たちの視線が集まった。

居たたまれずに俯くと、手塚が声を殺して笑う。

「手塚くん……、今度、埋め合わせを……」

「いや、冗談だよ。むしろ、嬉しかったなって」

「嬉しい……？」

「俺は昔から、亜希先生が楽しそうにしてるのが一番嬉しいんで」

少し照れ臭そうに口にした不意打ちの言葉が、亜希の無防備な心に染みわたっていく。

言葉にできない感情が込み上げて、手塚の手をぎゅっと握ると、すぐに握り返された。

「……まぁ、でも、埋め合わせって言葉はありがたく頂戴するとして、東京に帰ったら一日俺にくれる？」

「え？　えっと、それは全然……。だけど、そんな改めて言わなくても」

「そうなんだけど……、まあ、たまには改まってもいいでしょ」

少し意味深な言い方に、亜希は首をかしげる。

けれど、手塚はそれ以上なにも言わず、亜希の手を引き立ち上がった。

「この辺り、人が増えてきたから先に進もう。……まだ観なきゃいけない水槽もいっぱいあるし」

「うん……！」

それから、亜希たちはゆっくりと時間をかけ、館内を堪能した。

同じ場所にいるはずの金谷とはまったくすれ違うことはなかったけれど、夕方になって手塚が連絡すると、すぐにやって来た。

「もういいんですか？　まだ夕方ですよ？」

「明日はかなり朝早いし、そろそろ那覇に戻ってご飯でも行こう」

「はい……？　あの、……ご飯は二人で行った方が……」

「気を遣ってるなら、亜希先生とはもう次の約束をしたからいいよ。おごるから、金谷も来なって。どうせ一人じゃろくなもの食べないでしょ」

「それはまぁ、そうですけど……」

「金谷さん、よかったら、魚の話、しましょう……！」

「えっと、……お二人がいいならぜひ……、手塚さん、俺、ヤシガニ食べてみたいです」

「すげー高いやつじゃん……」

　金谷は戸惑っていたけれど、結局誘いに乗り、三人は車で那覇へ向かった。

　出発するやいなや、金谷は後部シートで眠ってしまい、手塚はやれやれと溜め息をつく。

「……自由な後輩でごめんね」

「ううん、楽しい。……金谷さん、きっとすごく疲れてるんだね。手塚くんは、大丈夫？」

「俺は大丈夫。金谷よりは慣れてるから」

　サラリとそう言う手塚を見ると、確かに、その表情に疲れは感じられなかった。年々忙しさは増しているはずなのに、手塚はそれに比例するように、どんどんタフになっていく。

「……五年くらい前、倒れたこと、あったね」

「あー……、それ、忘れてほしいやつ……。……当時はいろいろ未熟だったし。ま、今もまだまだだけど」

「私は……、忘れたくないな……。嬉しかったから」

「……弱ってる俺を見るのが？」

「そうじゃなくて……。わからないけど、……なんだか、近付けた気がしたから。手塚くんも、完璧じゃないんだなって」

「嬉しいような、複雑なような。……ってか、金谷が寝ててよかった」

　手塚は困ったように苦笑いを浮かべた。――そのとき、ふいにルームミラー越しに目が合う。

　わずかに、空気が変わった気がした。

「亜希先生」

「うん？」

「……いろんなことあったし、確かに近付けた気がしてるけど……、俺、まだちょっと足りないんです」

ときどき出る抜けきれない敬語の癖が、亜希の胸を震わせる。

亜希が黙って見つめると、手塚は前を向いたまま、小さく笑った。

「多分、ゴールはないんですけどね。でも……、それでも、やっぱり足りないっていうか」

「えっと……」

手塚の言葉の意味はわからないのに、亜希の鼓動が次第に速くなっていく。

──しかし。

「……やば。金谷を後ろに積んだまま、すごいこと言うところだった」

「えっ……？　あ、あの」

「南国の空気はやばいな。……我を失いそうになっちゃって」

「手塚くん……？」

「……続きは、次の約束のときに。……ちゃんと予定空けてくださいね」

亜希は頷きながらも、すっかり高鳴ってしまった鼓動に戸惑っていた。

一方、手塚はすっかりいつも通りで、車を走らせる。

「やっぱり……、手塚くんって、よくわからないときが……」

「そのうちわかるよ。まだまだずっと一緒にいるんだから。……とりあえず、ヤシガニ食べましょう」

「……うん」

亜希は頷き、動揺を隠しながら前を向く。

――まだまだ、ずっと一緒にいるんだから……って。

亜希は、まるでついでのように言われた言葉を心の中で繰り返した。

この七年でいろんなことが変化したけれど、手塚の、大切なことをサラリと言ってしまうところはどうやら変わっていないらしい。

なんだか心が満たされ、亜希は、幸せな溜め息をついた。

そして、亜希の人生においてもっとも大きな変化が訪れるのは、もう間もなくのこと。

その日、――亜希が五年前に確信を持った「自分にとって譲れないもの」が、手塚によって生涯の約束となる。

FUTABA BUNKO

神様たちのお伊勢参り

竹村優希

恋人も仕事も失い、伊勢神宮に神頼みにやってきた谷原芽衣。事もあろうか、駅から内宮に向かう途中に有り金を盗られた芽衣は、泥棒を追いかけて迷い込んだ内宮の裏の山中で謎の青年・天と出会う。一文無しで帰る家もないこともあり、天の経営する宿『やおろず』で働くことになった芽衣だが、予約帳に載っているのは市杵島姫や磐鹿六雁など聞きなれない名前ばかり。なんと『やおろず』は、お伊勢参りにやってくる日本中の神様御用達のお宿だった!?

発行・株式会社　双葉社

FUTABA BUNKO

おいしい診療所の魔法の処方箋(レシピ)

Delicious Clinic's Magical Recipes

藤山素心

Motomi Fujiyama

夢も資格もない、恋人もいない関根菜生28歳。事務からパワハラ営業へ移動させられたのだが、突如として現れたじんま疹に、仕事がままならなくなってしまう。ただ治して欲しいだけなのに病院をたらい回しにされ、最後にたどり着いたのは、イケメン医師・小野田が患者さんに治療の一環としてご飯を出す診療所だった。患者さんと雑談をしているだけで、まともな診察もしない小野田を信用できないと思う菜生だったが、気づけばじんま疹は消えており——。現役の医師が描く医療ヒューマンドラマ開幕！

発行・株式会社　双葉社

双葉文庫

た-46-18

さくらい動物病院の不思議な獣医さん❻

2020年12月13日　第1刷発行

【著者】
竹村優希

【発行者】
島野浩二
【発行所】
株式会社双葉社
〒162-8540 東京都新宿区東五軒町3番28号
[電話] 03-5261-4818(営業)　03-5261-4851(編集)
www.futabasha.co.jp(双葉社の書籍・コミックが買えます)
【印刷所】
中央精版印刷株式会社
【製本所】
中央精版印刷株式会社

【フォーマット・デザイン】
日下潤一

ISBN978-4-575-52433-8 C0193
Printed in Japan